KB062001

사랑하는 미움들

사랑하는 미움들

김 사 월 산 문 집

프롤로그_

접속

여기 곤히 잠든 작은 등이 있습니다. 호흡에 따라 조금씩 움직이는 저 체온이 꾸는 꿈속으로 들어가고 싶어요. 우리의 심장 두 개가 가장 가까이 닿게 하고, 당신의 심장박동 신호에 귀를 기울여 나의 것과 속도를 맞춥니다. 그리고 눈을 가만히 감아요. 나는 어쩌면 당신의 꿈속으로 접속할 수도 있겠죠.

이제 내가 당신에게 신호를 보내요.
저의 이야기들을 용서해주시겠어요?

차 례

2부

4부

사월에게

1부   젊은 여자

오늘
나의 삶

삼청동에 있는 재즈 바에 혼자 왔다. 가게는 정말 시끄러웠다. 처음 이곳에 왔을 때는 나이 많은 아저씨와 함께였다. 그때는 와인을 마시면서 별로 맛이 없다고 생각했는데 지금은 이렇게나 달콤하고 쌉쌀하게 느껴지다니. 내가 변했거나, 혹은 와인이 변했거나 둘 중 하나일 것이다. 이곳은 영화 「라라랜드」에 나온 재즈 바와 비슷한 분위기의 공간으로 최근 TV 프로그램에 소개가 되었다고 한다. 그래서인지 가게는 사랑을 확인하는 젊은 연인들로 북적였다.

무대 위에서 셰이커를 서걱서걱 흔드는 남자와 펜더 베이스를 치는 여자를 한참 바라보았다. 내 옆자리에 앉은 연인은 기념일을 맞은 듯하다. 그들은 파리바게뜨 생크림 케이크와 꽃다발, 백화점 브랜드의 립스틱을 바 위에 올려두고 와인을 마시고 있다. 나는 두툼한 점퍼 차림으로 그 옆에 앉아서 블루투스 키보드를 두드린다.

경제적으로 어려웠던 시간도 있었다. 지금은 사치를 부리는 정도가 아니라면 원하는 것을 대부분 할 수 있다. 가끔 어딘가 가고 싶을 때 떠나고, 사고 싶은 것은 소박하게나마 대부분 산다. 이렇게 생활할 수 있다니, 나는 복 받은 사람이다. 누구나 너처럼 살고 싶어 해. 엄마가 그랬다. 나는 노래를 불러서 돈을 벌고 그 돈으로 산다.

연주를 끝낸 재즈밴드는 곧 떠나려는 것 같았다. 베이스를 치는 여자의 목소리가 참 좋았다. 마감 시간이 가까워지자 가게는 빠르게 한산해졌다. 더 늦기 전에 다른 곳으로 떠나는 게 좋을까, 아니면 이 술집이 닫을 때까지 더 청승을 떨고 있을까. 나는 많은 것을 할 수 있지만 지독히도 혼자인 생활을 하고 있다.

누구나 너처럼 살고 싶어 해.
누구나? 엄마의 말을 떠올린다.

가게를 나왔다. 데이팅 어플을 켜 종로 3가에서 사람을 만났다. 서른네 살의 헤어디자이너였고 내 타입은 아니었다. 그 사람도 나와 비슷하게 느낀 것 같았다. 나는 생맥주 한 잔을 그 사람은 소주 한 병을 마셨고 우리는 각자 계산을 했다.

집으로 홀로 돌아가는 길에는 택시가 잡히지 않아 애를 먹었다. 집에 가기 싫어진 나는 신촌의 자주 가는 바에 가려고 했으나 한 곳은 곧 마감이었고, 다른 한 곳은 행복해 보이는 누군가가 가게로 들어가는 것을 보고 몹시 외로워져서 들어가지 않았다.

외롭다. 심심하다. 누구라도 내 옆에 있었으면. 사무치는 고독에 푹 잠긴 채 결국 집으로 발걸음을 돌렸다. 집에서 라면을 먹으며 인스타그램 라이브를 켜야지, 생각했다.
그 순간 나를 바라보는 미친 눈빛이 느껴졌다.

나를 마주 보고 걸어와서 스쳐 지나간 그 남자는 곧이어 뒤를 따라오기 시작했다. 나는 공포에 질려 주변의 밝은 상점을 찾다 한 슈퍼마켓으로 들어갔다. 남자는 가게 밖에서 한참 서성이다 자리를 떴다. 나는 다른 손님이 나갈 때 뒤따라 나와서 그 남자가 사라진 것을 확인하고 서둘러 집으로 들어갔다.
외롭고 외로운 오늘 나의 삶.

유
레 즈 비 언

사월 씨, 그런데 정체성이 어떻게 돼요? 아니, 혹시 '그쪽'인
가 싶어서. 뭐랄까, 어떤 초창기의 모습 같은 게 보이네. 내
주변에 바이섹슈얼 친구들이 좀 있거든. 그 친구들이랑 느낌
이 되게 비슷해진 것 같아. 유튜브나 인스타를 봐도 주변에
남자가 한 명도 없잖아. 공연 같이하는 멤버들도 전부 다 여
자죠? 그게, 예전에는 이렇게 마주 보고 이야기하는 것도 좀
어색해했었지. 아무 말도 안 하고 고개만 끄덕끄덕했잖아. 근
데 요즘은 주장이 좀 강해진 것 같네. 예전보다 더 예뻐 보이
고 싶어 하는 것 같고. 옷도 신경 써서 입잖아. 그냥 궁금해서
물어보는 거야.

사 월 씨
예 뻐 요

사람들은 나의 외면을 좋아했을까? 예전에는 그랬던 것 같기도 한데. 나이를 먹어가면서 젊음을 조금씩 잃어버리고 외모도 조금 변했을지 모른다. 그것보다도 지금의 나는 '쉽게 접근 가능할 것 같은 분위기'를 잃어버린 것 같다. 그러니까, 나는 좀 깐깐해진 것 같다. 일터에서 자주 이런 이야기들을 듣는다.

"제가 사월 씨를 예쁘게 찍어주지 않아서 화났나요?"
"뒤쪽의 관객들이 사월 씨 보고 예쁘다고 말하더라고요."
"오늘 공연하는 사람들 중에서 사월 씨가 제일 예뻐요."
(화장한 나를 보며) "와 나도 화장할걸."

마치 예뻐 보이고 싶어서 환장한 사람을 겨우 진정시키기 위해 하는 것 같은 말들을 들으며 내가 이상한지 발화한 상대가 이상한지 생각해본다. 이런 이야기를 듣는 나는 저절로 정색하게 된다. 그런 말을 또 듣게 될까 봐, 더욱 표정을 굳힌다.

"당신 예쁘다는 말을 듣고 싶지? 어쩔 수 없지 내가 해줄게."
그런 평가는 안 해줘도 되는데. 내 사랑을 찾아줄 게 아니라면 그 입 좀 다물었으면.

하루키로
섹스를 배운

끔찍한
혼종

베이지색 면 치마와 크로커다일 피케 셔츠 차림에 스니커즈를 신고, 마리네이드 토마토와 비스킷을 먹는 여자. 하루키의 소설에 나오는 여자다. 어젯밤에 '스무스하게' 살인을 하고 난 감각이 손끝에 남아 있다. 그녀는 누구와도 섹스할 수 있다. 그런 그녀가 피임약을 먹고 부종으로 고생하며, 임신의 공포에 벌벌 떨고 있는지에 대해 하루키는 내 알 바 아니라고 생각하는 것 같다.

하루키 소설 속의 여자는 충격적일 정도로 쿨하다. 차 안에서 섹스를 조르는 남자에게 여자는 "지금은 탐폰이 들어 있어요"라고 무심하게 말한다. 탐폰이 들어 있다고? 남자는 자신이 들어가야 할 질 속에 탐폰이 있다고 생각하겠지. 그런 사고방식에 좀 소름이 끼친다.

아름답고 쿨하게 욕망하기. 하루키 소설 속의 여자가 하는 연애와 섹스는 그렇다. 내가 나온 중고등학교 도서관에는 하루키의 소설이 가득했다. 교복을 입은 나는 점점 '자유로운 섹스'에 대해 상상하기 시작했다. 마침내 스무 살이 되고 본격적인 연애 시장에 들어서자 진실을 알게 되었다. 그 욕망은 내가 하는 게 아니었다는 걸. 욕망은 남자가 하는 것이었다. 나는 욕망을 받아야 하는 존재였다. 나는 '당연히 섹스할 수 있는 여자' 혹은 '섹스 당하지도 못할 여자'가 되었다. 하루키의 소설처럼 쿨하고 신비로운 연애는 없었다. 티슈처럼 쓰고 버리는 섹스만 있었다.

내가 문제였던 걸까? 다른 사람들은 어떨까? 내가 욕망하는 사람이 다른 사람과 섹스하는 상상을 해본다. 나보다 어리고, 예쁘고, 재능 있고, 너를 이해해주고, 아무튼 나는 아닌 어떤 이는 너를 몹시 흥분시킨다. 그 이상으로 너의 인생을 사로잡는다. 과연 그들은 하루키처럼 사랑을 나눌 수 있나. 그 시절 내가 읽었던 것들은 뭐였을까. 하루키의 소설을 읽고 나서 나는 아무리 애를 써도 원초적인 끌림을 당신에게 줄 수 없다는 사실에 상처를 받은 것 같다. 그 슬픔과 확신으로 등대의 빛을 채우고 사랑의 배를 띄운다.

스테이지

밤에 친구와 소주를 마시다가 별안간 클럽에 가기로 했다. 둘 다 꾸미지 않은 상태였다.

"우리 집에 들러서 꾸미고 가자."

택시를 타고 이동한 우리는 나의 자취방으로 뛰어 들어갔다. 우리는 (우리의 은어로 엉덩이를 뜻하는) 빵디를 흔들어야 하고 밤은 짧다. 나는 친구에게 색조 화장품이 든 서랍을 통째로 꺼내줬고 그는 "오케이" 하며 그것을 받아 들고 빠른 속도로 화장을 시작했다. 나는 옷장을 뒤지며 엄청나게 구겨졌지만 등이 깊게 파인 상의와 짧은 치마를 찾아냈다.

초커를 하고 입술을 새빨갛게 바르니 그럴듯한 겉모습이 완성됐다. 친구는 아이섀도를 바르고 있었다.

"그냥 하얗고 까맣고 빨갛게 칠하면 되는 거야."

정말 그랬다. 우리는 대단한 화장 기술 없이 하얗게 피부를 덧칠하고 눈은 까맣게, 입술은 빨갛게 발랐다.

나는 가끔 욕망이라는 허울 좋은 탈을 쓴 혐오를 받고 싶어 한다. 세상이 그 정도 수준밖에 안 된다는 것을 환영하고 내가 좋은 먹잇감이 된다는 것을 탐욕할 때가 있다. 욕망받지 못하면 쓸모가 없어진다고 세뇌되어 왔다. 오늘 우리는 인간의 모습을 한 물건이 되는 것이다. 어차피 살면서 인간으로서의 가치도 못 느끼는 때가 허다하다. 그렇다면 한순간 물건이 되는 것쯤이야 뭐 어때.

스테이지로 들어가서 춤을 추면 남자들은 너 나 할 것 없이 여자의 주변으로 모여든다. 먼저 허리나 어깨를 감싸는 놈이 그 여자를 만지겠다고 선언하는 것이다. 그렇게 되면 주변의 놈들은 슬슬 다른 여자를 만지러 사라진다. 남자는 여자를 만지고 쉽게 흥분한다. 당연한 순서로 술을 마시며 하룻밤을 보내고 싶어 한다.

그렇지만 나를 물건으로 봤다면 당신이 지는 거야.
당신은 그 정도밖에 안 되는 사람인 거지.

상대가 나를 욕망한다는 사실을 즐기다가 계속되는 스킨십에 기분이 불쾌해지면 그곳을 떠나 다른 곳에서 춤을 춘다. 그렇게 시간을 보내다 보면 오늘 밤 클럽 안에 있는 놈들이 모두 쓰레기 같은 이들이라는 것을 알게 된다. 그들의 시선을 사려고 잔뜩 치장한 나도 물론 마찬가지다.

나가자. 친구의 손을 잡고 나서면 거리는 이미 새파랗게 밝아 있다. 땀과 담배 냄새에 흠뻑 젖은 우리들은 이렇게 해야 젊음을 쓰는 것 같다고 생각한다. 오늘은 클럽에 다녀왔고 다행히 살아남았다. 언젠가 재수가 좋지 않은 날엔 강간을 당하고 죽임까지 당할지도 모른다. 별로 안 무섭다. 어차피 이곳에 와도, 이곳에 오지 않아도 겪을 수 있는 일이다.

어디서나 욕망받아야 한다고 배웠다. 엄마도 나에게 입술에 뭣 좀 바르라고, 살 빼고 치마 좀 입으라고 했다. 발이 더 커지지 말라고 사이즈가 작은 신발을 사 주었다. 젊고, 예쁘고, 사랑스러운 여자가 되기 위해 세상이 요구하는 것을 하나씩 들어줄 때마다 내 목소리와 행동을 하나씩 빼앗기는 기분이 든다.

가 다 실

스무 살 적의 대학교 캠퍼스에는 가다실을 맞으라는 홍보 캠페인 부스들이 있었다. 가다실이 뭐야? 자궁경부암 예방주사래. 너는 맞았니? 나는 엄마가 맞으라고 돈을 줬어.

50~60만 원이 넘었던가. 학식도 사 먹지 못하는 가난뱅이인 나와 친구들은 대부분 그 주사를 맞지 못했다. 그렇게 나는 가다실 예방접종을 권하는 연령을 넘겼고, 자궁경부암을 일으키는 인유두종 바이러스에 감염되었을지도 모를 위기에 놓였다는 사실을 알게 되었다. 의사 선생님은 자궁경부암에 걸릴 위험이 여기서 더 커지지 않게 예방주사를 맞으라고 했다.

어린 시절이 지나고 만났지만 여전히 비싼 가다실을 나는 어쨌건 맞아야 했고 선생님은 우리나라가 별로인 국가라서 의료보험도 실비 보험도 안 된다고 일러주었다.
"여자와 남자 모두에게 보험이 적용되는 나라도 있지요."
내가 그런 나라에 태어나서 미리 주사를 맞았더라면 자궁경부암에 걸릴지도 모른다는 위험에 벌벌 떨며 세 달에 한 번씩 검진을 받지 않아도 되겠지.

선생님은 주사가 아주 아프다고 말해주며 단번에 주사를 놓았다. 아니요, 선생님. 보톡스보다 안 아파요. 나는 죄책감이 들었다. 또한 57만 원이 부담일 나의 친구들이 떠올랐다. 내 친구들도 이 주사를 맞아야 할 텐데. 우리는 언젠가 자궁경부암에 걸리게 될까? 자궁경부암에 걸린다면, 그건 우리의 잘못일까?

나는 아무도 아무도 아니야

아무도 아무도 아니야

상냥하다고 칭찬해봐

상냥하지 않으면 필요 없다 말해봐

비명은 네가 질러야 해

나는 그 누구도 아닌 사람이야

나는 아무도 아무도 아니야

불행한 나를 꿈꾸지 마

프리 사이즈
월드

요즘 나는 밤에 폭식하고 아침에 운동하고 낮에 잠드는 최악의 루틴으로 지낸다. 욕구불만이 쌓여서 밤에 뭐라도 먹는다. 무엇이 불만이냐 하면 다양하다. 살이 쪄서, 못생겨서, 외로워서, 완벽하지 못해서. 무엇을 먹느냐면 다양하진 않다. 채식 라면과 짜장면, 밥과 채소 반찬.

탄수화물을 먹으면 몸이 정말 잘 불어난다. 굉장히 절식해야 내가 '좋아하는' 몸무게가 되고, 그런 몸무게가 되더라도 한국 사회에서 미(美)라고 칭하기에는 한참 부족한 나의 몸을 데리고 오늘도 먹는다. 참기름 발라가며, 고춧가루 뿌려가며, 마음까지 갉아먹는다.

좋아하는 몸무게란 뭘까? 사진이 찍혔을 때 스스로를 용서할 수 있을 정도의 모습이거나 여자 옷 가게에서 '프리 사이즈'를 홀렁홀렁 입을 수 있는 상태의 몸무게일 것이다. 좋아하는 몸무게가 되어 프리 사이즈를 입어도 스스로가 예쁘다고 느끼기엔 한참 모자라지만, 일단 몸이 옷 안에 들어간다는 사실에 기분이 좋아지는 것이다. 옷 가게에 걸린 대부분의 옷은 프리 사이즈다. 너도 나도 우리도 모두 입으라고 만든 조그마한 프리 사이즈. 운 좋게 프리 사이즈가 아닌 경우, S 사이즈와 M 사이즈의 하의를 선택할 수 있다. 이때, M 사이즈가 맞지 않으면 옷을 살 수 없다. You lose… 쇼핑에 실패했습니다. 길거리의 여자 옷 가게에서 L 사이즈라는 것은 사실상 없다. 나는 S 사이즈가 헐렁했던 적도 M 사이즈가 꼭 꼈던 적도 있다. 실연, 스트레스, 섭식장애, 욕구불만 등 많은 이유로 내 몸은 살이 쪘다 빠졌다를 반복한다.

이 빌어먹을 프리 사이즈 월드에 포함된 기분은 정말 역겹고 자랑스럽다. '프리'라고 말하는 이 작은 사이즈에 내 몸도 들어간다고! 나도 누군가에게 욕망받을 수 있는 몸을 가진 사람이 됐다고! 나는 그 썩은 카르텔에 들어가기 위해서 운동을 하고 종일 두부만 먹고 올리브영에서 다이어트 약을 사고, 그러다 욕구불만에 넋이 나가 폭식을 하며 프리 사이즈를 입기 위해 달려간다. 이젠 그걸 그만두고 있는 그대로의 나를 사랑하고 싶어.

나쁜
비거니스트

나는 평소 무언가를 먹는 행위에 죄책감이 강한 사람이었다. 부족한 나의 모습을 생각하면 먹는 것이 죄처럼 느껴졌다. 그렇게 억누르다 보면 폭식이 따라왔다. 다양한 다이어트를 시도했다. 고기만 먹는다는 일명 '황제 다이어트', 연예인 누구누구 식단으로 불리는 과일만 먹는 다이어트, 계란만 먹는 다이어트…. 여러 방법을 시도했지만 결국 성공하지 못했다. 체중이 불어나면 며칠 굶어가며 마른 몸을 만들어서 중요한 날을 지나 보내고 별일이 없을 때는 한없이 몸을 살찌우곤 하며 살아왔다.

어느 날, 우유와 계란을 얻기 위해 일어나는 끔찍한 일에 대한 트윗을 보았다. 우유는 소가 임신을 해야만 얻을 수 있기에 인간이 소에게 강제로 임신을 시킨다고 한다. 암소가 새끼를 낳고 나면 소젖을 얻기 위해 또다시 강제로 임신을 시킨다. 소의 자연 기대수명은 25년인데도, 이 과정이 반복되면 소는 3년 정도밖에 살지 못한다. 그리고 그 소는 고기로 도축된다.

계란은 암탉이 만들어내기 때문에 암수 감별을 통해 수컷 병아리는 죽임을 당한다. 암컷 병아리는 좁은 공간에서 서로를

쪼지 않도록 부리가 잘린 채 살며 평생 A4 용지 반 장 크기만
한 케이지 안에서 알을 만들어내야 한다.

살찐 몸에 대한 죄책감은 있어도 비인간 동물을 먹는 것에 대
한 죄책감이 없었던 나는 이 사실을 알고 조금 놀랐지만 오믈
렛을 계속 먹을 수 있었다. 조금 주춤거리면서. 나는 곱창을
먹다 조금 뱉고, 샐러드 안의 치킨을 씹다 조금 뱉으며 서서
히 끔찍함을 느껴갔다. 내가 먹는 음식 안에 피가 튀기고 비
명을 지르는 생이 있구나.

점차 비건을 위한 쇼핑몰에서 식재료를 사는 재미와 그 가치
를 느끼게 되었다. 비건이 먹을 수 있는 라면과 만두, 콩단백
과 밀단백부터 동물실험을 하지 않는 제품과 대체 재료로 만
든 물건들까지 아무도 죽이지 않고 살아갈 수 있다는 감각은
스스로를 자랑스럽게 해주었다. 그렇게 일주일에 한 끼는 완
전 채식을 했다. 그런 삶이 점점 즐거워져 '채식의 날'을 점점
늘려갔고 어느 날 집에 있는 동물성 식재료를 모두 폐기했다.

지금은 비건을 지향하고 집 밖에서는 가끔 페스코(생선, 우유,

계란까지 먹는 채식 단계)로 지내고 있다. 비건을 지향하는 삶이 섭식에 대한 강박과 공포에서 완전히 나를 구하지는 못하지만, 비인간 동물에게 죄를 짓지 않고 나의 식사를 해결할 수 있다는 사실은 음식을 새로운 관점으로 바라볼 수 있게 했다. 미역 줄기를 흐르는 물에 씻으면 미끄러우면서도 힘 있는 촉감이 손에 닿는다. 그 감각으로 내가 살아 있다는 것을 느낀다. 무슨 일이 일어난 걸까. 스스로를 구원하고 싶었던 나의 마음이 다른 누군가를 죽이지 않는 선택으로 해소가 된 걸지도 모른다.

섹시

오늘 공연에서는 화장을 안 하려고 한다. 옷도 최대한 편안하게 입을 것이다. 지난 몇 년 동안 무대에 오르며 나는 섹시한 여자가 되고 싶었다. 인조 속눈썹을 붙이고 킬힐을 신었다. 나의 몸과 얼굴이 누군가의 욕망을 샀으면 했다. 나의 외면으로 아무런 욕망도 사지 못하는 날이면 아무 쓸모 없는 이상한 물체가 된 것 같았다. 쓸모 있는 것이 되려면 욕망받아야 한다고 생각했다.

지난 공연에 오르며 그런 감정의 과도기를 겪었다. 화장을 진하게 했고 화려한 액세서리와 함께 갈아입을 세 벌의 옷을 준비했다. 그것이 공연을 보고 듣는 이들을 위한 예의라고 생각했다. 어느 정도는 맞는 말이다. 그 안에 나라는 사람이 없었을 뿐. 이번 공연을 준비하면서도 역시 며칠 동안 옷을 찾아 헤매다가 적당한 의상을 찾아냈다. 발랄하면서 조금은 섹시해 보이고, 조금은 주체적으로 보이는 그런 옷들. 그 옷들을 잔뜩 사 들고 집에 돌아와서 액세서리와 함께 피팅해보았다.

왜인지 슬픈 기분이 드는 건 거울 속의 내가 더 이상 예뻐 보이지 않았기 때문이다. 아무리 꾸며도 나는 예쁘지 않다. 마음이 죽어가는 것 같았다.

그때, 외면에 대한 나의 집착이 비일상적인 수준까지 갔다는
생각이 들었다. 아름다운 모습이고 싶은 자연스러운 욕망과
대상화되고 싶은 욕망이 뒤섞여 구분할 수 없었다.
글래스톤베리 공연 영상이 SNS를 타고 한창 홍보가 되고 있
었다. 그 영상들은 나에게도 도착했다. 영상에는 맨얼굴의 가
수들이 땀 흘리기 좋은 편안한 옷을 입고 노래하고 있었다.
맨얼굴이 아닌 게 이상하다는 듯이. 편안하고 자신감 있는 모
습으로 태어난 것 같은 사람들. 나도 저렇게 할 수 있을까? 간
절히 그러고 싶지만 절대 그렇게 되지는 못할 것 같은 마음.
그러나 이 모든 상황에서 벗어나고 싶은 마음.

오늘 외모를 덜 꾸밈으로 인해 내가 잃는 것도 있겠지만, 만
약 나와 같은 마음을 가진 사람을 살릴 수 있다면 나는 주저할
것이 없다.

늦은 밤 나는 컴퓨터로
춤추는 여자 아이돌을 봐
모든 사람들은 꽃피는 여자를
다 갖고 싶다 하지만
나는 그 누구도 믿을 수가 없어

아름답고 사랑스러워야 하는
젊은 여자의 시절이 지나면
이런 것이 슬프지 않겠지
이런 것이 두렵지 않겠지

그날 공연

꾸미지 않고 공연을 하는 경험은 특이했다. 리허설이 끝나고 본 공연이 시작되기 전, 평소 같으면 외모를 꾸미고 있을 시간에 마땅히 할 것이 없어서 대기실 소파에 그냥 누워 있었다. 그러나 무대에 오르기 10분 전, 피부 화장과 입술 색깔을 확인하고 옷매무새를 가다듬던 시간이 되니 불안해지기 시작했다. 몸이 커 보이진 않을까, 아무래도 화장을 하는 게 좋았을까, 그렇게 다시 안절부절못하고 있었다. 거울 앞을 왔다 갔다 하며 나의 결정이 맞는지 몇 번을 고민했다.

공연을 보러 가는 사람들은 좋은 음악과 무대 연출, 아티스트가 만들어내는 아름다움의 확장을 기대하고 입장료를 지불한다. 지금까지 나는 겉모습을 화려하게 꾸며서 나의 부족한 부분을 감추고 아름다움에 대한 감각을 보완해왔다. 오늘, 맨얼굴과 흰 민소매 차림의 나는 단점을 고스란히 드러내 보이고 있었다. 숨을 구멍이 없었다. 하지만 밴드 멤버들이 그 모습을 보고 지금 좋아 보인다고, 지금 모습이 나의 웃는 얼굴과 잘 어울린다고 말해주었다.

생각했다. 스스로 이 고리를 끊어내지 않으면 누구도 나를 구원해줄 수 없을 것이다. 설사 비난을 받는다 해도 오늘 꾸밈을 멈추는 것은 나를 위한 일이다. 나는 오늘 나의 뜻에 공감하는 사람을 만날 수도 있을 것이다. 그 누군가가 단 한 명이라도 좋다. 나는 그렇게 꾸미지 않고 무대에 올라갔다.

립스틱을 바르지 않으니 평소 버릇처럼 입술을 빨았다. 운동화를 신고 무대 이곳저곳을 돌아다니며 땀을 흘렸다. 머리카락이 얼굴에 닿는 느낌이 편안했다. 맨얼굴로 나를 사랑해달라고 말하는 것이 벅찼다. 세상이 만들어낸 아름다움에 참 알맞지 않은 모습이었던 그날의 나는 울부짖는 노래들을 불렀다. 무대 위에서 자연스러운 떨림과 신나는 기분을 느꼈다. 그리고 이렇게 시작되는 편지를 받았다.

"꾸미지 않았다는 당신의 말에 저는 눈물이 터지고 말았습니다."
그 눈물은 두려움에 긴장한 나를 부드럽게 안아주는 것 같았다.

몸

화장을 하지 않고 공연을 했다는 글을 SNS에 올리고 몇 출판사에서 연락이 왔다. 자신의 몸을 바라보고 이야기하는 것에 대한 주제로 책을 내지 않겠냐는 요청이었다. 원래 글을 쓰는 사람도 아닌데 이런 연락을 받는 것이 신기했다. 그리고 동시에 뭔가 씁쓸한 기분이 들었다. 나의 고민과 방황은 아직 현재진행형인데 누구에게 무슨 이야기를 한담. 나의 고민이 화제가 되는 것이 너무 무서웠다. 영원히 몸에 대한 이야기를 할 수 없을지도 모른다.

이번 주말, 고향에 가서 친척에게 들은 첫인사는 "살쪘네"였다. 옆에 있던 엄마가 무척 당황하며 "얘 살찐 게 아니고 부은 거야"라고 변명했다. 내가 부끄러운 듯이. 오랜 싸움 끝에 외모 평가를 더 이상 하지 말아달라는 나의 부탁으로 엄마와 나는 합의를 이루었지만, 갑자기 나타난 친척들 앞에서 지난 갈등이 무색할 정도로 엄마의 대답은 애매해졌다. 슬프게도 가족들은 오랜 시간 동안 내가 스스로를 긍정하기 어렵게 만드는 존재였고 엄마도 그중 하나였다. 나를 세상에 있도록 한 사람이 내 외모에 대해 불만을 쏟아냈을 때 나는 자책을 거듭할 수밖에 없었다. 그리고 이는 곧 슬픈 습관이 되었다.

서울에 돌아와서 샤워를 하고 머리를 말려도 구린 기분이 사라지지 않았다. 체중계 위로 올라갔다. 알고 있던 숫자지만 이젠 마음에 들지 않았다. 그때부터 굶기 시작했다. 굶어서 조금 핼쑥해지면 사람들에게 환영받을 수 있었다. 세상은 아름다움을 강요하고 그것에 사람들은, 특히 여자들은 굴복하기 쉽다. 사회에 굴복하고 파괴된 자신을 전시하는 행위는 결국 스스로에게 유해하다. 애초에 누가 만들었는지도 모를 아름다움의 기준에 무릎을 꿇은 나는 어디로 가야 하는가? 건강하고 괜찮아져서 방향을 알 수 있을 때까지 나는 말을 잃는다. 마르고 예쁜 데다가 정신이 건강하기까지 해야 한다니, 너무 가혹한 게 아닐까.

요즘 10대 여성의 관심사는 자학과 우울 전시라고 한다. 부자연스러운 아름다움을 강요하는 사회에서 비롯되는 우울을 견디지 못하고 자기 자신을 파괴하는 방식으로 꾸밈을 실천하는 성인들을 보며, 10대들은 그것이 아름답다 느끼고 자신 또한 그래야 한다고 생각하는 것이 아닐까. 잘못된 줄 알면서도 기꺼이 그렇게 하고 싶은 마음은 어디서 오는 걸까? 사실은 누군가 멈춰주기를 바라고 있지 않을까.

누구도 멈출 수 없다. 스스로 멈추지 않으면. 참으로 고독하고 고단한 싸움이다. 세상엔 '뷰티'와 관련 없으면서 가학적이지 않은 콘텐츠가 좀 더 필요하다. 고립감이 너무 심해지면 나는 그런 음악과 영상을 찾는다. 괜찮다고 말해주는 사람들을 보며 위로를 받는다. 그럼에도 자꾸 악순환에 빠져든다. 마르고 예쁘지만 건강하고, 아프더라도 치유할 수 있고, PC(Political Correctness. 인종, 젠더, 종교, 성적 지향, 장애, 직업 등과 관련해 소수자와 약자에 대한 혐오 표현을 쓰지 말자는 신념)하기까지 한 여자. 나는 그러니까 이 모든 걸 다 하고 싶은 거겠지?

꾸미지 않는
힘

나는 탈코르셋을 실천하고 있는 것일까? 맞기도 하고 아니기도 한 시간을 보내고 있다. 페미니즘에 대한 생각과 가치관은 구체적이면서도 개인적인 곁가지들을 쳐내고 나면 결국 같은 방향으로 나아가는 것처럼 보일 수 있지만, 그 안의 개개인은 개인의 수만큼이나 다채로운 생각을 지니고 살아간다. 요즘 나의 사고 중 많은 부분은 페미니즘과 꾸밈 노동 중지를 바탕으로 하고 있다.

나는 평소에 몸매가 드러나지 않는 길고 펑퍼짐한 원피스를 입고, 긴 머리를 관리하지 않은 채 아무렇게나 묶는 스타일을 유지해왔다. 그것은 돈과 노동력이 들지 않았고, 꾸미지 않는 방법이기도 했다. 하지만 그 생각을 입 밖으로 내긴 부끄러웠다. 나는 '지금' 꾸미지 않는 사람이라는 생각을 자주 했다. 지금은 안 꾸몄지만 언젠가 내가 원하면 겉모습을 꾸미는 데 기꺼이 돈과 노력을 바칠 것이며 그때는 지금보다 매력적일 것이라는 사실을 알고 있었다.

꾸미지 않은, 있는 그대로의 모습으로도 아름다워 보이는 친구들과 인스타그램 속 사람들을 보며 열등감에 시달렸다. 친구들의 마른 몸을 보기만 해도 내가 마르지 않다는 것에 대해 죄책감을 느꼈다. 꾸미지 않아도 아름답게 보이기 위해 나는 더욱 꾸며야 했다. 맨얼굴도 아름다울 수 있도록, 일상복을 입어도 핏이 좋아 보이도록 나를 재단하고 굶어야 했다. 실제로 나의 많은 친구들은 굶고 있었다. 입맛이 없어서, 원래 많이 못 먹는 체질이라서 굶는다고 말했다. 나도 덩달아 굶었다. 사람들이 걱정하면 "아가씨는 조금만 먹어도 괜찮다"는 말을 하고 다녔다. 체중계에 올라 줄어든 몸무게를 확인하고, 줄자로 허리둘레를 재서 달라진 수치를 확인하며 내가 해야 할 일을 하고 있다고 생각했다. 아가씨는 그래서 종아리 알과 승모근이 없었고 누군가 머리채를 강제로 끌고 가도 반항할 힘이 없었다.

꾸밈 노동에 대한 강박이 폭발하여 나라는 인간의 시스템이 유지되지 못한 지 한참 되고 나서야 나는 꾸밈에 대한 임시 파업을 선언했다. 머리를 자르고 힐에서 내려왔으나 무섭다. 이제 사람들이 겉모습에 욕망을 느껴 나를 환대하는 일은 없을 것이다. 스스로를 싫어하고 미워하는 이유는 고작 아름답지 않은 얼굴과 몸으로 태어났기 때문이었다. 꾸미지 않는 것이

힘들어지면 언제나 파업을 그만두고 꾸며야지.

그러던 어느 날 나의 공연과 이벤트에 자주 나타나는 향유자 T의 머리카락이 짧아져 있었다.
"머리 자르셨네요!"
"사월 님이 자르실 즈음에 저도 잘랐어요."

그때부터 T가 나를 찾아오는 어떤 작은 곳에서라도 나의 편안한 모습을 열렬히 보여주고 싶었다. 나의 힘과 영향력은 너무나 작지만 우리는 버스 광고의 작은 문구 하나에도 스스로에게 상처를 줄 수 있으니까. 허리둘레를 재며 어제와 오늘의 치수에 한숨을 쉴 때, 이 모든 것을 때려치우고도 잘 살고 있는 사람을 찾을 수 있다면 조금은 달라질지도 모르니까. 만약 누군가에게 그런 동력이 될 수 있다면 나는 꾸미지 않는 힘을 조금은 믿고 싶다.

여자 옷

유튜브에서 '여성복에 대한 진실'이라는 제목의 충격적인 영상을 봤다. 여성복에 주머니가 없는 이유, 마감이 엉성한 이유, 재질이 안 좋은 이유 등에 대해 한 의류 사업가와 인터뷰한 내용이었다.

남성복은 제작 기간이 일주일 이상 걸리는데, 여자 옷은 하루이틀이면 만들 수 있다고 한다. 그만큼 마감이 허술하고 안주머니 등의 실용적인 디테일을 생략할 가능성이 높다. 왜 그렇게 만드냐고? 여성복은 어차피 많이 팔리고 빠르게 소진되기 때문에 그렇게 제작해도 괜찮다는 게 그 대답이었다. 왜 빠르게 많이 팔리냐고? 사회에 만연한 꾸밈 노동의 압박 때문이기도 하지만 많은 여성들이 사이즈를 선택하는 데 실패를 겪기 때문이기도 하다. 여성복 사이즈는 제작하는 공장, 나라, 브랜드마다 너무나 다르다. 영상에서는 이 현상을 사이즈 선택 실패로 인한 소비를 부추기기 위해서라고 설명했다. 여기서 내가 가장 충격받은 사실은 남성복은 길거리 옷 가게에서든 브랜드 매장에서든 100 사이즈를 입는 사람은 100을 사면 대부분 맞는다는 것이다. 그 이유는 사이즈 선택 실패를 막기 위해 남성복 사이즈가 규격화되었기 때문이라고 한다.

곧 촬영을 앞둔 나는 어김없이 홍대에서 옷 사냥 중이었다. 여성복 매장의 수많은 옷들 사이에서 씨름을 하고 있었다. 프리 사이즈로 나온 여름 바지를 입어보는데, 박음질이 한 번밖에 안 된 허리 부분이 너덜너덜해서 바느질 구멍으로 빛이 새어 들어왔다. 처절한 마음이 드는 동시에 호기심이 생겨 다른 층에 있는 남성복 매장에 들어가보았다. 손으로 옷감을 쓸어 재질을 만져보고 마감이 꼼꼼히 되었는지 확인하다가 그런 생각이 들었다.

'나도 좋은 옷을 입고 싶다….'

나에게는 여름에 입는 미색의 긴 셔츠 원피스가 있다. 그걸 입은 내 모습을 보고 사람들은 편하고 시원하고 예뻐 보인다고 말해주었다. 그런데 그 셔츠 원피스는 정말 불편했다. 통풍이 잘 되지 않는 옷감으로 만들어져서 땀이 줄줄 흐르는 데다 안쪽 마감이 어떻게 되어 있는지 까끌까끌해서 온몸이 따끔거렸다. 그러나 나는 편하고 시원하고 예뻐 보이고 싶을 때 그 옷을 입느라 불편을 참아왔다.

그런 내가 남성복 매장에서 고무줄 반바지를 만져보았다. 우와, 튼튼해라. 용기를 내서 입어보았다. 짧아진 나의 머리 스타일과 고무줄 반바지가 왠지 잘 어울리는 것 같았다. 그리고 매장을 서서히 둘러보았다.

크롭 티를 입기 위해 살이 몇 그램이라도 찌면 굶어야 하는 것처럼, 오프숄더를 입으려면 끈끈이가 붙은 브래지어에 땀이 차는 것을 견뎌야 하는 것처럼, 나를 꾸미기 위해 불편을 참는 것을 당연한 일로 생각했다. 이제는 나를 괴롭히지 않고도 나를 꾸밀 수 있는 방법을 찾아가고 싶다. 설렌다. 내게도 다른 선택을 할 수 있다는 자유로움이 있다.

탈 코 해 도
예 쁜

머리를 더 잘랐다. 단발에서 숏컷으로. 아름다워 보이고 싶은 욕망과 눈요깃거리가 되는 게 싫은 두 마음이 섞여버린 나는 딜레마에 빠졌다. 머리를 자른 나의 모습이 너무 못생겨 보였기 때문이다. 짧아진 머리에 어울리는 유니섹스 옷은 가녀린 종이 인간이 입어야 멋져 보일 것 같았다. 그래서 나는 머리를 자르고 화장을 덜 하면서 동시에 다이어트를 시작했다. 살 코르셋이라 불리는 가장 거대하고 힘든 산을 만난 것이다.

매주 수요일에 가는 정신과 병원의 상담 선생님께 이런 저는 어쩌면 좋을까요, 하소연을 하니 선생님이 말씀하셨다.
"뭐든 억지로 하지 마세요. 마음이 자연스럽게 흐르는 곳으로 가세요. 살을 빼고 싶은 마음 역시 자연스러울 수 있습니다. 건강과 다이어트의 합의점을 잘 찾아보세요."

선생님이 그렇게 말해주셔서 다행이었다. 나는 세상에게 상처를 많이 받은 만큼 세상에 상처를 주는 존재가 되고 싶지 않았다. 나에게 향했던 칼날이 누구에게도 향하지 않게 하기 위해 나에게 겨누었고, 나의 친구들 또한 오랫동안 같은 마음을 가지고 있는 상태다.

이젠 더 이상 틀리고 싶지 않다. 그런데, 그럼 우리는 움직일수가 없었다. 그 모든 것을 하기 위해 아무것도 할 수가 없었다. 그저 단 하나만 다짐하고 싶다. 우리의 문제를 다 맞히지못할까 봐 백지 시험지를 내지는 말자고.

「수잔」 중에서

수잔, 소녀 같은 건 소년스러운 건

어울리지 않아

그저 네가 원하는 사람이 되기 위해서

넌 혼자 남는걸

살아온 것도 낭비된 것도 아닌

텅 빈 삶이었지

너무 초라해

몰래 원한 너의 진심

2부   누군가에게

룰루랄라

"제가 '한 잔의 룰루랄라' 라는 곳에서 공연하는데, 그날 같이 공연하는 게 어때요?"

2012년, 홍대 앞 놀이터 플리마켓에서 공연을 하고 나오는 길에 만난 음악가 삼군이 나에게 물었다.

"거기는 엄청 음악 잘하는 사람들이 공연하는 곳 아닌가요?"

쫄려서 그렇게 답했지만 사실 나에게 룰루랄라는 너무나 공연하고 싶었던 장소였다. 멋진 뮤지션이자 친구인 삼군 덕분에 룰루랄라에서 공연을 하게 되는구나. 감지덕지다. 나는 음반도 음원도 없는 버스킹 뮤지션이었다. 그날 공연을 엄청 잘해버려야지. 또 나를 부르고 싶도록.

공연 당일 룰루랄라에 도착했을 때, 그곳엔 담배를 피우며 만화책을 읽는 사람들과 멋 부린 사람들이 몇 앉아 있었다.

'아, 이게 홍대 문화라는 거구나….'

나는 창가 자리에 짐을 두고 주문을 하러 카운터에 갔다. 사장님과 인사를 나누었는데 아마 이 사람은 나를 싫어하는 것 같다…. 혹은 오늘 매우 바빠서 힘들거나…. 괜히 주눅이 들어 온갖 생각이 스쳐갔다. 뭐 어때, 공연만 잘하면 되는 거 아니야?

그것이 룰루랄라의 첫인상이다.

룰루랄라는 2019년 초에 문을 닫는다. 11년 정도 영업했던 카페 겸 펍 겸 음식점 겸 공연장 겸 뮤지션들의 사랑방. 나에게는 가끔 미팅 장소. 오랫동안 아르바이트했던 곳. 나의 공연에 관객들이 터지도록 왔던 곳. 아무리 늦게 가도 노란 불빛 아래 친구들이 와글와글 모여 있는, 과방 같은 아지트. 어느 날 룰루랄라가 없어진다는 이야기를 조심스럽게 하는 사장님에게 삼군과 나는 그렇구나, 정도의 대답을 했던 것 같다. 누구보다도 룰루랄라를 사랑했던 삼군과, 그곳에 들어간 순간부터 인생이 완전히 바뀌어버린 나는 그렇게 되었구나, 라는 말밖에 할 수 없었다. 이미 룰루랄라 주변에는 홍대와 연남동 상권을 의식한 신축 건물들이 가득 차서 공사가 없는 날이 드물었으니까.

룰루랄라가 없어지면 나는 어떡하지? 아직도 알 수 없다. 그 많은 향유자와 창작자들은 어디로 가는 걸까? 씨클라우드가 사라지고 바다비가 문을 닫을 때도 그 많던 사람들이 어디로 가는지 항상 궁금했다. 이제는 안다. 그 많던 사람들은 공간과 함께 사라진다. 그것이 슬프다.

룰루랄라는 2018년 11월부터 12월까지 단골 뮤지션들과 자주 공연했던 팀들을 데리고 '45일간의 인디 여행'이라는 말도 안 되는 공연을 열었다. 하루에 한 팀씩 45일간 매일매일 공연을 하는 것이다. 룰루랄라의 10주년을 기념하고, 이 공간이 사라지는 것을 슬퍼하는 공연이었다. 나 역시 공연을 하게 되었다. 룰루랄라 5주년 기념 컴필레이션 앨범에 나의 노래 「접속」을 실었고 김해원 씨를 만나 앨범을 냈다. 솔로 앨범 두 장, 라이브 앨범 한 장을 내는 동안 나는 룰루랄라에 있었다. 여기서 가장 먼저 데모 음원을 듣고 믹스와 마스터를 모니터하고 쇼케이스를 하고 김사월 쇼도 열었다. 그리고 이제 마지막 공연을 하게 되는 것이다.

울고 싶진 않다. 그저 좀 짜증을 내고 싶었다. 사라지지 말라고, 부탁 비슷한 응석을 부리고 싶었다. 그날은 내가 발표한 모든 곡과 미발표 곡 데모들을 모아서 두 시간 넘게 노래를 불렀다.

"제 노래가 끝나지 않으면 룰루랄라도 끝나지 않겠죠?"

그러나 마지막 노래를 부르지 않을 수는 없었다.
나는 아프면 그만이고 괴로우면 그만이다. 아파봤자 사장님
과 스태프들보다 더 아플까. 앞으로 나 같은 사람들은 어디서
아르바이트를 하고 뮤지션 친구를 사귀고 공연을 하게 될까.
그것을 생각하면 고통스럽다. 또 하나의 공간과 사람들이 사
라지고 한 세대가 지나간다. 독립적으로 창작을 하는 이들과
그 창작물을 향유하는 자들이 갈 곳이 이렇게 또 사라진다.

우리는 어디서 다시 만나고 사랑하고 창작을 하게 될까.

있잖아, 여기서 일 년 전 이때쯤에

우린 세계 일주에 대해 말했고

캣파워를 듣고 있었지

지금은 그때도 우리도 남지 않고

거리를 지나는 수많은 발자국만이

세차게 울리고 있어

이제야 깨달았지

세상에게 난

견뎌내거나 파멸하거나 할 수밖에

불확실한 나에게

이미 정해진 것은 방황 하나뿐이라는걸

사라지는 것은
아름답지 않다

내가 바랐던 죽음은 숭고한 것이지, 뼈와 살점이 튀기고 피와 비명이 흐르는 것은 아니었다.

룰루랄라의 영업이 끝나고 그다음 날, 나에게 주고 싶다는 책이 있다는 사장님의 이야기에 가게로 향했다. '한 잔의 룰루랄라'였던 공간은 여러 가지 물건들과 책들이 널브러져 썰물이 지나간 바닷가처럼 엉망이었고 냉장고가 놓여 있던 벽은 새까맣게 변해 있었다. 사장님과는 시간이 엇갈려 만날 수 없었다.

누군가 이 광경을 촬영하고 있었다. 이 가슴 아픈 광경을 기록한다니 쓸쓸해졌다. 그들은 주춤거리는 나를 발견하고는 경계하며 "어떻게 오셨어요?"라고 물었다. 마음이 내려앉았다. 건물주나 그에 관련된 사람으로 보였을 수도 있을 것이다. "친구예요"라고 말을 흐리며 급히 가게를 나왔다.

우리가 울고 웃으며 사랑했던 공간의 앙상한 모습을 보니 눈물이 걷잡을 수 없이 차올랐다. 나는 7년간 사랑했던 공간의 시체를 보고 싶지 않았다. 나의 고통을 피하기 위해서라도 사랑스러운 모습만을 기억하고 싶었다. 막연히 '마지막이라는 것은 잔인하구나' 하고 혼자 생각하고 미화해버리는 것처럼.
하지만 이 모든 걸 무시해버릴 수는 없었다. 사라지는 것의
현실은 훨씬 지독하다.

이 공간의 주인은 이곳의 탄생부터 소멸까지 모든 모습을 견
뎌야 했다. 가게를 청소하고 다듬고 음식과 차를 만들고 사람
들이 모여들고 멀쩡한 사람이 술에 취해 나가는 모습부터 학
생이 뮤지션이 되어서 나가는 모습까지. 다시 가게를 청소하
고 간판을 떼는 그 모습까지.

일생 동안
사랑했던

사람들의
얼굴

추운 날이었다. 미세먼지와 비구름이 흐릿하게 뒤엉킨 평범한 서울의 날씨. 공연을 앞두고 옷을 고르고 있었다. 새 앨범이 나오고 스케줄을 많이 잡다 보니 마음이 조급했다. 아슬아슬하게 맞춘 일정 때문에 초조함과 죄책감이 커져왔다.

사는 게 왜 이렇게 힘들지? 중얼거리며 옷장을 본다. 최대한 날씬해 보이는 옷으로, 옷을 잘 입는 사람처럼 보이는 느낌으로 골라야 한다. 불어난 체중 때문에 영 마음에 들지 않지만 나름대로 고른 옷을 꺼내 입고 화장을 한다.

사실은 많은 것을 잊어버리고 쉬고 싶지만, 잠결에 메일을 쓰고 전화를 받고 메시지를 확인한다. 이제 공연장에 가야 한다. 왼쪽 어깨에는 일렉 기타, 오른쪽 어깨에는 어쿠스틱 기타를, 가슴 앞으로는 무대용 신발과 의상이 든 백팩을 메고 손에는 판매용 CD 스물다섯 장을 들고 나섰다.

그렇게 무서워했던 무대지만 요즘은 현실보다 무대 위가 낫다. 행복한 공연을 정말 많이 하고 싶었지만, 섭외 전화를 받고 메일을 쓰고 예산을 짜는 일에 불행히도 조금 지친 것 같다. 혼자서 거의 모든 것을 할 수 있는 음악가가 되고 싶었는데 아무래도 그렇게 되기는 어려울 것 같다.

오늘 무대 조명은 아름다웠다. 물결 모양 같기도 했고 바다 위로 눈부시게 탄생하는 태양 같기도 했다. 나는 그러한 조명을 받을 만한 사람일까. 그럴수록 더 큰 목소리로 즐거운 일은 내게 없다고 소리 지르고 싶었다. 스모그가 가득 찬 공연장 무대에서 보는 관객석은 조용하다. 무언가 생각에 잠긴 듯 무표정하게 가라앉은 얼굴들. 나 역시 그런 표정이겠지. 예쁜 조명이 군데군데 묻은 수백 명의 얼굴을 보고 있으니 내가 일생 동안 사랑했던 사람들을 모두 모으면 이런 모습일까 생각했다.

순간 나는 노래 가사를 잊었다. 처음 있는 일이었다. 잊은 노랫말이 무엇인지 생각했다. 도무지 기억이 나지 않았다. 무대의 빛나는 조명을 받으며 기억을 잃는다면 정말 슬프겠다고 생각했다.

되돌아보면 세상 어느 것도
사랑하지 않은 게 없었는데
그날엔 두 눈을 감고
세상에 입을 맞추고
영원토록 있고 싶었어

사랑하는
사람들에게
가장 상처 주는
키를

우리는 모두
가지고 있어

하루를 마치고 불 꺼진 방에서 트위터가 켜진 스마트폰 불빛에 의존하여 누워 있다 보면 스스로가 너무 부족하다는 생각이 든다. 세상의 사진 찍히는 아름다운 것들에 비해 나의 외면은 너무 부족하고, 리트윗과 하트를 받는 글들에 비해 나의 내면은 너무 부족하다. 그나마 노력해서 가지고 있는 것도 빠르게 흘러가는 세상에 휩쓸려 금세 사라지겠지. 마치 해가 지는 것처럼 자연스럽게 나는 점점 사라질 것이다.

이런 생각은 스스로를 괴롭히기 위해서 습관적으로 하는 행동이라는 것을 알고 있다. 이렇게까지 별로인 방식으로 스스로에게 못되게 굴 필요는 없다는 것도 알고 있다. 하지만 나는 기회만 되면 내 영혼을 헐값에 팔아넘기고 겉으로 보기에 그럴싸하면 그만이라고 생각하는 허접한 인간이다.

"죽고 싶었던 적이 있나요?"
하고 물으며 우리는 어색함에 웃었다.
"정말 죽고 싶었던 적은 없어요. 그렇지만 죽고 싶을 정도로, 어쩌면 그 이상으로 괴로웠던 적이 있었어요."
그녀는 대답했다.

"내가 너 때문에 죽는 거야. 나는 너 때문에 죽을 거야. 그렇게 말한 적이 있어요. 어떤 고통을 끝내는 키가 나의 죽음이라고 생각한 적이 있어요."

나는 그날 밤 트위터에서 어떤 죽음을 접했다. 오며 가며 리트윗되던, 이름만 들어본 밴드였다. 그들은 투어 매니저와 함께 공연을 하러 가는 도중에 교통사고로 전원 사망했다. 너무나 충격적이어서 눈물이 흘렀다. 그들의 공연 영상을 유튜브에서 찾았다. 귀엽고 호젓한 느낌의 음악을 연주하는 그들의 머리카락이 강바람에 빛나며 흩날렸다. 그 머리칼을 만지고 싶었다. 그럴 수는 없다. 방금 전에 이 세상에서 사라졌으니. 누군가의 연인이 죽었구나. 다시 눈물이 났다.

어느 날 해가 지는 것을 보면서

나 역시 그러하다고 생각했다

어쩌면 평생 괴롭고 싶은 거지

나는 기회만 되면 영혼을 헐값에 팔아

겉으로 보기에 그럴싸하면

그만인 사람이지

사랑했던 사람에게 주는 열쇠

그건 절대 쓰지 마 생각할수록

손에는 흐르는 땀과 금속 냄새

너의 머리카락을 만지고 느끼고 싶어

그럴 순 없지

방금 전 이 세상에서 사라졌으니

인 요 가

몸을 웅크리고 지낸 적이 많았다. 나는 나의 체형이 마음에 들지 않아서 사람들의 눈에 띄지 않으려고 웅크린 학생이었고 거북목의 알바생이었다. 가끔 유튜브 같은 곳에서 내가 노래하는 영상을 보면 구부정하고 뒤틀린 몸이 보인다. 요가를 하면 자세를 교정하는 데에 좋겠다는 생각을 했지만 오랫동안 나의 형편은 다음 끼니를 걱정할 정도로 좋지 않았다.

서울에서의 독립생활이 겨우 자리를 잡아 요가 한 달 수강료를 소비할 수 있을 정도의 상황이 되었을 때, 나의 뒤틀린 몸은 이미 여기저기서 비명을 지르고 있었다. 집 주변에는 두 곳의 요가원이 있었다. 처음에 찾아간 곳은 밝은 인테리어가 특징이었다. 전신을 비추어 볼 수 있는 큰 거울이 있었고, 체성분 분석 기계가 있었다. 나는 미용을 목적으로 무언가를 시작할 자신이 없어서 다른 요가원으로 향했다. 그곳은 자그마한 규모에 원목 인테리어가 돋보이는 소박한 학원이었다. 탁자에는 허브차가 있었다.

"상담하러 오셨어요?"
네, 하고 앉은 나의 모습을 보고 중년의 요가 선생님은 말했다.

"목도 굽었고 골반도 틀어졌네요. 아직 젊은데 왜 이렇게 몸을 돌봐주지 않았어요."

스스로의 외면과 내면을 오랫동안 사랑하지 않은 자가 상냥하지만 있는 그대로를 응시하는 눈빛을 지닌 이 앞에 서니 몹시 불쌍한 기분이 들어 울어버렸다. 그 자리에서 세 달치 학원 등록을 했다. 그렇게 시작한 요가는 충격적으로 어려웠다. 워낙 몸에 힘과 근육이 없어서 업독, 다운독 자세를 두어 번만 반복해도 녹초가 되어버렸다. 나도 선생님도 당황스러워했다. 그렇지만 선생님은 나의 이름을 부르며, 조금 더 버티라고 외치며 함께 있어주었다.

요가원에서 가장 기억에 남는 수련은 등록하던 날 나를 울렸던 그 선생님의 '인요가'였다. 수강생들 모두가 영적인 느낌을 가진 그녀가 하는 수업을 좋아했다. 여러 자세를 거쳐 사바사나(수련의 마지막에 몸과 정신의 이완을 위해 누워서 긴장을 푸는 자세)를 취하며 선생님은 수련생들이 자신의 몸을 스스로 살피고 바라볼 수 있게 도와주었다.

"눈썹, 눈꺼풀, 눈동자의 힘을 뺍니다. 부드럽게 숨을 쉬면서 두 뺨의 긴장을 풀어주세요. 혀와 입술을 부드럽게 만드세요."

머리끝부터 발가락 하나하나까지 나의 몸을 있는 그대로 바라보는 그 시간이 너무나 좋았다. 항상 몸에 힘을 잔뜩 주고 살았는데 의식하여 힘을 빼니 몸이 축 늘어졌다. 깊게 호흡을 하며 숫자를 센다. '평소에 얼마나 힘을 주고 살아가는 거야? 나는 나를 너무 함부로 대하는구나' 하는 마음에 눈물을 흘린 적도 있다.

누군가의 리드를 받으며 명상을 하고 몸의 긴장을 이완시킬 수 있었던 영적인 경험이 가끔 떠오른다. 이사를 가면서 요가원은 꽤 멀어졌고 그 선생님은 갑자기 학원을 그만두고 나타나지 않았다. 이제 내가 나를 리드해야 한다. 자신은 없지만, 배운 대로 몸의 긴장을 풀고 호흡을 시작해본다.

발 레

「누군가에게」 뮤직비디오를 연출한 감독님과 일상생활에 대한 이야기를 나누다 발레에 관심을 가지게 되었다. 감독님은 자세가 바른 사람이 지닌 강하고 곧바른 아름다움을 자아내는 사람이었다. 웃는 모습도 움직이는 모습도 어딘가 아름다워 계속 보게 되는 사람. 기쁘게도 감독님은 나에게 마음을 열어주셨고 타이틀곡은 아니지만 앨범 제목과 동명인 「로맨스」 뮤직비디오를 함께 찍어보자고 제안해주셨다. 우리는 각자 캐리어를 하나씩 끌고 내가 좋아하는 호텔로 갔다. 커피와 술을 마시고 과일을 먹고 이불을 헝클어트리며 노는 듯이 촬영을 했다. 감독님은 줄곧 바닥에 앉아 카메라를 만지셨는데 행동 하나하나에서 굉장한 유연함이 느껴졌다. 발레를 꾸준히 하는 것에 흥미가 있어서 촬영 때문에 미국으로 출장을 갔을 때도 짬을 내어 숙소 주변의 발레 학원에 가서 동네 할머니들과 발레를 하고 왔다고 했다. 아…. 나의 동경이 극에 달하는 순간이었다. 나는 그때 이후 호시탐탐 발레 학원들을 노렸고 드디어 수업을 등록하게 되었다.

사실 나는 초등학교 저학년 시절 발레에 대한 환상을 가지고 발레 학원을 잠깐 다닌 적이 있다. 『토슈즈』라는 만화책 때문이었다. 주인공과 서브 주인공이 경쟁하며 성장하는 흔한 스토리였다. 어리고 말랑했던 나의 몸은 배우는 동시에 많은 동작들을 할 수 있었고 다리를 찢을 때의 싸릿한 기분이 아직까지 어렴풋이 기억에 남아 있다. 하교 후에 간 오후의 발레 학원에서는 아이들이 한 명씩 줄을 서서 나무 바닥 위를 달려가 발레실 중앙에서 공처럼 점프하며 포즈를 취했고 그 순간에 내가 있었던 것 같다. 하지만 쑥스러움이 많은 나는 몸과 목을 웅크린 채로 성장했고 지금의 척추와 골반을 가지게 되었다. 언젠가는 다시 그때처럼 춤을 출 수 있기를 바라며 구부정한 어른의 모습으로 발레 학원을 간다.

외 할 아 버 지

나의 외할아버지는 독특한 사람이다. 커피와 담배, 소주를 좋아하는, 연세가 무척 많은 사람이다. 그의 스마트폰에는 직접 찍은 사진들이 들어 있다. 동네 공원에 세워진 안내판의 시, 꽃과 나무 사진, 혹은 손자 손녀들이 보내온 근황 사진이 저장되어 있다(내 공연 사진도 어디선가 보고 저장하시는 것 같다). 외할머니와 함께 찍은 사진도 있다. 마르고 키가 크고 행동이 느리지만 오토바이를 타는 것을 좋아하는 이 할아버지는 퀴즈 프로그램의 정답을 맞히는 것이 취미다. 아파트로 이사하기 전의 집에는 스스로 고치고 만들며 집을 가꾼 솜씨가 남아 있다.

외할아버지와 그리 친하지 않다. 자주 뵈러 가지도 못한다. 그런데 가족 중에 조금이라도 나와 비슷한 점을 공유하는 사람이 있다면 외할아버지인 것 같다. 가끔 친구들이 부모님이 좋아하는 음악이나 형제 자매가 좋아하던 책에 영향을 받았다는 이야기를 들으면 신기하기도 하고 부끄럽게도 조금은 부러워진다. 취향을 공유하는 가족이 있다는 건 어떤 느낌일까. 아니, 다시 생각해보니 나의 몽상가 외할아버지로 충분한 것 같다.

종로구
인간

종로구에만 오면 마음이 고즈넉해지고 아련해지며 뭐든 할 수 있을 것 같고 서울이 내 것 같은 기분을 느낀다면 당신은 종로구 인간이다. 한국의 오래된 도시. 궁과 고층 건물과 커피숍과 호프집으로 구성된 거리. 광화문 교보문고와 인사동 서머셋 호텔을 생각하면 나는 처음 상경한 날처럼 마음이 두근거린다.

광화문에서 영화를 보고 나면 싱숭생숭한 마음을 안고 사직동을 좀 걸어줘야 하고 늦겨울과 초봄 사이에는 남의 세단 조수석에 앉아 북악 스카이웨이와 삼청동을 드라이브하며 재즈를 들어야지.

종로는 술. 종로 호프집에서는 국산 맥주를 마신다. 두 번째 데이트가 있다면 약속 장소는 경복궁이 어울리지. 마침 가을이면 환상적이다. 혜화 명륜동에 가면 LP 바 '도어즈'에 가야 한다. 아! 종로의 동네 이름들만 떠올려도 마음이 벅차오른다. 종로구에서 마시는 술은 홍대, 합정, 망원에서의 맛과 다르고 종로구에서 보는 영화는 또 느낌이 다르지. 이 정도면 종로구 인간이 아니고 종로구 꼰대인가….

김영하의
책 읽는 시간

작가 김영하의 팟캐스트 '책 읽는 시간'이 없으면 나는 살아갈 수가 없다. 그는 어떤 에피소드에서 이 방송은 자면서 듣는 용도로 만들어진 게 아니라고 진지하게 말했고 나는 부끄러움에 덮고 있던 이불에 얼굴을 묻었다. 나는 거의 매일 잠들기 전부터 깨어나서 정신을 차릴 때까지 이 방송을 은은하게 틀어놓는다.

잠들기 전의 시간이 너무나 괴롭다. 이불을 덮고 누우면 하루와 일주일, 한 달간 부끄러웠던 나의 행동들이 모조리 떠오르기 때문이다. 따뜻한 몸에 시퍼런 칼날이 닿는 것처럼 정신이 아득해진다. 그럴 때 '책 읽는 시간'의 귀여운 오프닝 음악을 들으며 그의 지적이고 섹시한 목소리가 거기에 있다는 것을 확인하면 나는 쉽게 긴장을 풀고 잠에 들 준비가 되는 것이다. 당분간 새로운 업데이트는 없을 것으로 느껴지지만 내겐 그간의 에피소드를 영원히 반복하는 것만으로도 충분하다. '책 읽는 시간'이 있기에 나는 편안히 잠을 이루고 지적인 아침을 맞을 수 있다.

나의 스타벅스
작업실

허름하고 텅 빈 공간을 내 손으로 직접 정돈하고 꾸며서 만든 작업실을 상상한다. 이케아 책상 몇 개와 중고 소파를 가져다 놓고 친구들끼리 모여서 함께 일하고 술 마시며 놀 수 있는 (이라고 말하곤 맨날 술만 마시겠지만) 우리의 아지트—나의 작업실을 꿈꾸지만 꿈꾸는 동안 즐거웠다면 그걸로 됐다. 당분간은 우리의 아지트이자 나의 작업실은 없을 것이다. 스타벅스의 4100원짜리 톨 사이즈 아메리카노가 존재하는 한.

내가 10대였을 때에는 테이크아웃 커피를 마시는 여자가 '된장녀'라 불리며 혐오를 받았다. 그래서인지 내가 직접 경험하기 전까지 스타벅스는 비싸고 사치스러운 곳일 거라고 생각했다. 하지만 시간이 지나 경제적으로 독립한 성인이 되고 내 벌이와 스타벅스 커피 값 이외에 모든 가격이 상승하고 나니 스타벅스는 질 좋은 원두로 만든 커피를 싸게 파는, 심지어 비건 옵션이 되는 커피를 마실 수 있는, 화장실이 나름 깨끗하고 적당한 음악이 흐르는, 좌석과 책상도 꽤 괜찮은 굉장한 카페가 되었다.

나는 일주일에 거의 5일은 스타벅스에 출근하고 매일 아메리카노를 마시고 가끔은 소이 라테를 마시니까 일주일에 2~3만 원, 크게 잡으면 한 달에 15만 원 정도를 스타벅스에 쓴다(카드 혜택으로 조금 환급도 받는다). 그 금액이면 우리의 아지트(나의 작업실)에 놓을 이케아 책상 두 개 정도를 겨우 살 수 있을까? 내 집 마련은커녕 전세 자금 대출도 어려워하는 내가 무슨 작업실이야. 게다가 작업실이 생기더라도 나는 스벅에서 커피를 사 올 것 같다. 그런 정당한 이유를 대며 오늘도 스벅에 출근한다. 창문가의 바 좌석에 나와 같은 이들이 노트북을 켜놓고 나란히 앉아 있다. 적당하고도 굉장한 스타벅스. 이곳에서 대도시에 사는 이상한 낭만을 느낀다. 아무것도 내 것이 아닌데 내 삶의 질은 포기할 수 없다.

나는 어떤 호텔을 그리워하네

그곳은 정말 집같이 생겨서

가벼운 흰 그릇과 오래된 깨끗한 벽

정말 추웠던 날 쉴 수도 있겠지

아 진정 누군가라도

내 곁에 지금 있었더라면

사실 그런 누군가 있어도

지금 나에겐 별 방법도 없으면서

가을 느낌

창문 밖이 가로수 이파리로 가득 찬 스타벅스 2층의 풍경. 여기 앉은 사람들의 감각을 모두 알고 싶다. 따가운 햇볕 아래서 목덜미가 빨갛게 익고 땀으로 축축해지는 한여름의 날씨에서, 며칠 사이 갑자기 이렇게 서늘해져 겉옷을 챙겨야 하는 날씨가 되어버렸다. 다들 무얼 느끼고 있을까? 눈보라가 이는 겨울 언덕을 그리워하는 이도 있을까? 어느 낯선 대륙에 도착한 비행기에서 내렸을 때의 차가운 공기를 생각하고 있을까? 추운 물속에서 헤엄치는 물살이를 상상할까? 꽁꽁 언 손과 귀끝을 녹여가며 거리를 걸을 때의 기분을 생각할까? 지금의 나보다 많이 느끼고 있을 다른 사람들의 감각이 궁금하다. 그게 너무 신기하다. 말하지 않아도 모두 알고 있고 말해줘도 아무도 모른다는 게.

바다 수영

8월을 끝으로 퇴사하는 친구와 함께 바닷가로 여행을 갔다. 많이 걷고 드라이브를 하고 채식 요리를 먹는 것이 계획의 전부인 단순한 여행. 바다 수영은 꼭 하겠다고 다짐했었다. 우리는 수영복을 입고 비치 타월과 읽을 책(끝내 읽지 않았지만)을 들고 숙소 앞 바닷가로 나섰다. 해송 길을 지나자 깨끗한 모래사장이 드러났고 슬리퍼를 벗고 맨발로 걷기 시작했다. 햇빛에 적당히 데워진 낮 두시쯤의 바다는 들어가기 꽤 좋은 상태였다. 바닥의 모래를 만지며 걷다가 장난도 쳤다. 기분 좋은 촉감으로 닿는 젖은 모래의 단단한 느낌을 몸으로 기억했다. 마치 해변에 가두어놓은 것 같은 지구의 거대한 물은 바람에 따라 하얗게 움직인다. 우리는 그 속으로 걸어 들어갔다. 바닷속에 있는 우리는 정말 작았다. 양팔을 벌려 바다의 움직임을 느끼고, 바다에 누워 배영을 하고, 물안경을 끼고 잠수를 하며 물속을 한참 들여다보았다. 깨끗했다. 내가 할 수 있는 것은 파도에 몸을 맡기는 일이었다. 나는 바다의 움직임 속에 섞여 있는 지구의 작은 생물. 서교동 스타벅스에 앉아 아이스 소이 라테를 벌컥벌컥 마시다가 문득 바닷속에 있는 듯 세상을 감각하고 싶다고 생각했다.

그 사람

그 사람 생각나네. 나의 스물셋 넷 다섯 즈음 가장 많은 위로를 주었던 그 친구. 그 사람 참 똑똑해서 위로받지 않는 방법을 너무 잘 알았지. 아무리 위로를 주려 해도 친절한 얼굴로 받질 않는 거야. 그런데 그 사람이 가끔 쓰는 글을 보면 나는 몹시 위로를 받았다. 이런 감정을 느끼는 사람이 나 말고도 있구나. 그 감정을 나보다 훨씬 좋은 어휘력으로 세상에 남기는 사람이 있구나. 동경과 사랑. 그런 그 사람이 나의 노래에 공감했고, 나를 응원해줬다.

왠지 우리는 살면서 비슷한 구덩이를 만난 적이 있는 것 같다고 느꼈다. 그 구덩이 안에서 빠져나오는 시간을 거치며 스스로에 대한 깊은 비관을 멈출 수 없었을 것이라고. 그 사람과 술을 참 많이 마셨다. 그러나 모든 관계가 그렇듯이 우리는 서로가 아닌 이유로 서로에게 상처받았고 그 사람 이제 내 노래를 듣지 않더라. 그래도 괜찮았다. 나와 비슷하게 세상을 감각하고, 서로 그것을 알아봤던 사람이 주변에 살아간다는 것만으로도 나에겐 충분한 위로가 되었으니까. 하지만 우리는 더 멀어진다. 우리라는 행성은 서로의 궤도를 돌다 단지 몇 년 비슷한 주기에 들었을 뿐. 그 주기가 끝나면 영영 멀어진다. 다시는 만날 수 없을 정도로. 그 사람을 마지막으로 만났을 때 그걸 느꼈다. 나의 스물넷 그 자체였던 사람, 그때의 우리가 이제는 통하지 않는다는 것을. 나의 스물넷으로 그 사람을 기억하던 알량한 마음을 확인했을 뿐이었다.

그 사람 영원히 내 인생에 남아 있을 것이다. 그 사람을 처음 알았던 나이를 나는 넘고 그 사람은 더 무섭고 높은 나이를 넘는다. 우리는 이어지지 않음으로 이어져 있을 것이다.

같은 곳에서 같은 속도로 심장이 뛴다면

당신의 꿈속으로 접속할 수도 있겠죠

작고 여린 당신 등에 나의 심장을 포개고

당신의 꿈속으로 신호를 맞춰봤어요

내 못난 마음 꿈에서는 다 용서해주세요

너와 함께라면 내 인생도 빠르게 지나갈 거야

바이크

검게 그을린 목덜미. 상냥하고 외로워 보이지만 강인한 네가 가져온 바이크 뒤에 앉았다. 오른쪽 발을 올리는 곳에 네 가방이 걸려 있어서 가방을 밟은 채로 출발했다. 밤의 도쿄 언저리는 고요하다. 낮은 조도로 밝혀진 노랗고 희미한 건물들 사이로 우리는 일본의 국도 위를 달리고 있다. 네가 스물한 살 내가 스물다섯 살 때 우리는 만났고 2년 동안 같이 일했다. 방송과 페스티벌에 출연하고 전화를 받고 인터뷰에 응했다. 우리는 자랐지만 나는 예나 지금이나 나보다 나이가 어린 너를 꼭 껴안고 네가 안내하는 곳으로 간다. 네가 사는 집을 둘러보고 근처 강가의 풀밭을 걸었다. 아름다운 곳이라고 네가 말했지만 너무 어두워서 아무것도 보이지 않았다. 강가는 그 어떤 곳보다 넓은 것 같았다. 네가 여기 있어서 나는 이곳이 하나도 어색하지 않아.

3부   너무 많은 연애

아무것도
궁금하지 않다

아무것도 궁금하지 않다. 오후의 빛나는 유리창에 마른 빗물 자국. 알라딘 중고 책방에서 제목에 끌려 사놓고는 열어보지도 않은 책. 방금 나온 소이 라테의 맛. 나는 어떤 사람이 될는지, 어떤 사람을 사랑하게 될는지 궁금하지 않다. 이렇게 살다가 조금씩 소멸되는 것도 좋겠지.

계속되는 삶의 외로움과 고독 속에서 살아남는 법은 자극에 무뎌지도록 훈련하는 것이었다. 지금은 날 사랑하지만 당신은 언젠가 떠날 거야. 지금 작품은 좋은 이야기를 듣지만 다음 작품은 분명 비난받을 거야. 이런 생각을 끊임없이 하며 마음이 들뜨지 않게 눌렀다. 미친 듯이 낙담하거나 행복에 겨워 하늘을 날지 않기 위해서 나를 누르고 다져왔다. 나는 그걸 평정심이라고 생각했다.

그렇게 나는 어떤 기쁨이 와도 그렇게 기뻐할 것도 없게 되었다. 지금은 외로워도 언젠가는 서로를 이해하는 사람을 만나게 될 거라든지, 지금은 작업이 잘되지 않지만 곧 풀릴 거라는 생각에는 설득력이 없다. 왜 나에겐 부정적인 어휘가 더 힘 있고 현실적으로 다가오는 걸까. 희망을 믿지 않는 자는 할 말을 잃는다.

베를린

유럽행 비행기표를 끊었다. 오직 나를 위해 유럽에 가는 거야. 일이 아닌, 오로지 여행을 위해 비행기표를 예약하고 숙소를 찾아보는 일은 처음이었다. 에어비앤비를 예약하고 나니 통장의 잔고가 급격히 줄었고 그제야 내가 사치를 부렸다는 생각과 여행을 떠난다는 실감이 동시에 들었다. 나는 그곳에서 어떤 일상을 보내게 될까? 도착하는 곳은 독일이다. 꼭 한 번은 베를린에 가보고 싶었다.

2주 조금 넘게 베를린에서 혼자 지내본다. 계획은 없다. 주변의 미술관과 박물관을 둘러보고 공원을 산책하며 여행하는 동안 그곳의 주민이 되어 살아보려고 한다. 슈퍼마켓에 가서 타지의 신기한 것들을 사고, 동네 맥줏집에 가고, 밤이면 숙소로 들어와 일기를 쓸 것이다. 맛있는 채식 식당이 많으면 좋겠다. 새로운 채소가 많이 있을까? 동네는 어떤 느낌일까? 궁금하지만 사실 궁금하지 않다. 이제 어떤 것도 궁금하지 않아진 나를 위해 여행을 떠난다.

현실
로그아웃

비행기 엔진이 한 시간 동안 꺼졌다 켜졌다 하고 있다. 나는 긴장이 되어 김영하의 팟캐스트 '책 읽는 시간'을 들으며 마음을 가라앉히려고 애썼지만 한 에피소드를 다 들어가는데도 비행기의 문제는 쉽게 고쳐지지 않는 모양이다. 승객이 반 정도 찬 헬싱키 출발, 베를린 도착의 작은 비행기이다.

지금보다 불안함을 더 감당하지 못하던 시절의 나는 제주도 가는 비행기를 타는 것도 무서워했다. 이륙하고 착륙할 때에는 무서움에 눈을 뜰 수 없었다. 허공에 멍하니 떠 있는 검은 물체 안에서 죽을 것이라는 확신에 몸을 떨었고 가상의 유서를 쓰곤 했다. 이제는 비행기가 조금 흔들리는 것 정도는 놀이 기구처럼 즐기는 상태가 되었다. 그렇지만 한 시간 동안이나 조작 프로그램을 계속 부팅했다가 실패하는 모습을 보고 있으니 잊었던 두려움이 샘솟는다. 이 비행기가 비행하다가 지금처럼 엔진이 꺼지는 상상을 한다. 지금이 나의 마지막 순간이라면? 별로 무섭지 않다. 지금 죽는다면 아프겠지만 어쩔 수 없겠지. 이 비행기를 예매한 내 선택의 지독한 우연일 뿐이다. 그때 문득 알았다. 나는 이번 여행에서 설령 죽게 된다 해도 딱히 아쉬울 것이 없다는 걸.

사주에 역마살이 있다지만 믿지 않았다. 서울에서 아홉 번 넘게 이사를 할 때도, 공연 투어를 하러 비행기를 세 번이나 갈아타고 스페인 테네리페섬까지 갔을 때도, 술과 커피를 마시며 2차, 3차 자리를 옮기는 걸 좋아하는 바보 같은 버릇도 역마살은 아닌 줄로 믿었다. 어른이 되어가며 금전적인 상황이 좀 나아지니 여행에 쓰는 돈은 하나도 아깝지 않았다. 심지어지금 비행기가 추락해서 죽어도 아쉬울 게 하나도 없다고 생각할 정도니, 참 어마어마한 역마살이라는 걸 이제는 인정하게 된다.

서울 홍대나라에 살며 지긋지긋하게 욕심내고 불안해하고 초조해하던 나를 잠시라도 잊을 수 있을까. 여행을 가도 나는 블루투스 키보드로 일기를 쓰고, 맥주를 마시고, 트위터를 하고, 밤이면 라면도 먹으며 똑같은 일상을 보낼 것이다. 그럼에도 이곳을 떠나는 이유는 나라는 사람의 현실에서 로그아웃하기를 원했기 때문이다.

내가 누군가에게 필요한 사람이라는 것을 확인받고 싶어 하는 인정 욕구는 사람을 말려 죽인다. 누군가에게 인정받는다는 것은 바닷물을 마시는 것과도 같다. 잠시 갈증을 해소할 순 있지만 소금기 때문에 더욱 몸이 타들어가서 계속 바닷물을 마시는 것을 멈출 수 없게 된다. 나는 타인의 인정에 너무 집착한 나머지 인정을 받으려는 욕구가 참으로 강했다. 그 괴로움을 알기에 인정욕구에서 벗어나고 싶은 마음 역시 이렇게 강하다.

비행기는 무사히 착륙했다. 추운 겨울날 베를린의 한 카페에서 빵과 커피로 아침을 시작하며 일기를 쓰고 있는 지금은 누구에게 나를 인정받지 않아도 괜찮으니 참으로 마음이 편안하다.

현실은
향수보다 잔인하다

테네리페에 가고 싶다.

스페인의 섬 테네리페에 갔을 때 나는 행복했다. 맨발로 검은
모래 해변을 느끼며 걸었다. 굵은 소금 크기의 검은 모래들이
젖은 몸에 달라 붙는 기분이 좋았다. 나는 티셔츠와 반바지
차림으로 바다에 성큼 들어가 첨벙첨벙 놀다가 지쳐 해변으
로 올라왔다. 햇빛은 따스하고 그늘은 추웠다. 바닷물에 젖은
옷이 차갑고 무겁게 느껴졌다. 주위를 둘러보니 사람들은 거
의 비키니 정도의 가벼운 수영복 차림이었다. 상의를 입지 않
은 여자들이 해변에 배를 깔고 누워 책을 읽으며 담배를 피우
고 있었다. 젖은 옷을 엉거주춤 벗는 나는 조금 부끄러워했고
그들은 그런 나를 보며 기분 좋게 웃었다.

아이스크림을 팔고 있었다. 망고 맛과 레몬 맛. 달콤한 것들
은 순식간에 녹아 흘러내린다. 비치 타월 위에 젖은 몸을 눕
혀 말렸다. 눈물이 흘렀다. 왜 나는 이 섬에 살지 않을까. 사
랑하는 사람과 이곳에서 평생 살 수 있다면 정말 좋을 텐데.
이 순간이 영원하지 못하다는 생각에 분해서 눈물이 흘렀다.
눈물은 검은 모래 속으로 파고들어갔고 포근하고 따뜻한 햇

볕이 두 뺨의 눈물을 말려주었다.

나는 평생 그때를 기억할 테니, 살아 있는 한 테네리페의 기억은 영원하다. 다시 그곳을 찾는다 해도 지금 내가 가지고 있는 기억보다 행복할 수 있을까.

허니문

많은 작가들이 허니문 기간을 겪는다고 '책 읽는 시간'에서 김영하가 말했다. 자신의 스타일로 글을 쓰는 법을 터득하고 난 작가로서의 초기인데 그것은 짧게도 길게도 올 수 있다고 했다. 글이 잘 써지기도 하고 많이 써지기도 한다고 했다. 허니문이 지나면 사랑에 지구력이 필요해지겠지.

음악을 몇 년 하면서 나에게 허니문이 있었을까 생각한다. 세밀하게 따져보면 이미 지났고 다르게 보면 아직 겪고 있는 중이다. 나는 초라해지거나 슬플 때 내가 여기 살아 있다고 존재를 외치고 싶어 했고, 그 감정에 이끌려 글을 쓰고 노래를 만들어왔다. 길게든 짧게든 그 동력은 계속 나를 움직일 것이다. 언젠가 그 동력이 바뀔 수도, 혹은 내가 바꾸고 싶어 하게 될 수도 있겠다. 이 시간이 지나면 허니문 때의 내 작품이 부끄러워질까? 그때가 되어도 내가 작업을 하고 있을는지 잘 모르겠다. 비교적 행복하게 작업하고 생산해내는 시간을 잘 지나보낸 뒤 찾아오는 지루하고 고통스러운 시간도 견딜 수 있어야 작가라고 할 수 있지 않을까.

나는 스스로 마음에 들지 않으면 아예 안 하고 싶어 하는 성격 탓에 많은 일들을 그르쳐왔다. 적당한 수준이 되지 못하면 아예 포기하고, 잘할 수 없을 것 같으면 도망치면서 살아왔다. 서서히 하강하는 모습을 보이는 것이 눈물이 날 것 같아서 낙하산을 찢으며 추락해왔다. 내가 나에게 실망하고, 다른 사람들이 내게 실망하는 것이 괴롭다. 행복하기 위해 불행을 견디는 건 언제까지나 할 수 있다. 불행을 향해 가는 마지막 남은 행복은 못 견디겠다.

.

「마이 러브」 중에서

매일 생각해 난

내가 얼마나 망칠지

매일 생각해 난

나는 널 보면

모두 망쳐버릴 것만 같아

나방

밤이 되면 저곳은 왜 붉게 빛나는지, 나는 왜 저기에 있는 사람이 아닌지 생각하게 된다.

불빛이 피어오르는 곳은 어딘가 외롭지 않아 보여서, 노랗고 붉은 불빛이 보이면 나는 나방처럼 그곳을 향해 간다.

그렇게 평생을 지내오며 아닌 줄을 알았으면서도 왜 나는 불빛에 이끌리는 걸까.

그렇게 평생을 지내도 왜 영혼의 단짝을 찾아 헤매는 걸까.

My Funny
Gainsbourg

숙소에서 지하철로 30분 거리에 있는 라이브 클럽에 도착했을 때 스테이지에서는 중년이 넘어 보이는 사람들이 춤을 추고 있었다. 흥겨운 분위기였지만 나에게는 다소 재미없는 록 카페 스타일이었다. 여기서 포기하기엔 아직 수요일 밤이 남아 있었다. 내가 찾는 것은 적당한 음악과 적당한 알코올과 적당한 대화. 구글 맵으로 주변의 재즈 클럽 겸 바를 찾아냈다. 무거운 가게 문을 열고 들어가자 사람들과 재즈 베이스의 저음이 가득 차 있었다. 그 분위기가 마음에 들어서 진토닉을 한 잔 시켰다. 바에 놓인 화려한 리큐르들을 구경하며 무대 위에서 공연하고 있는 재즈 트리오의 음악을 듣고 있었다. 여기서도 혼자는 나뿐인 것 같다 생각했을 때 어떤 힙스터가 내 옆에 앉았고 우리는 자연스럽게 이야기를 나누었다.

어떤 이야기를 했더라. 사실인지 아닌지 알 수 없지만 그는 색소폰 연주자였다고 했다. 나는 음악이 그리워 이곳에 왔다고 말했다. 요가를 좋아하고 커피와 클럽을 찾아다니는 건 우리의 공통점이었다. 폴크스뷔네에서 봤던 연극 이야기를 하니 그는 자신이 그 근처에 산다는 이야기를 했다.
그와 키스했다. 바에서 나올 때 바텐더는 남은 칵테일을 종이

컵에 담아주었다. 그걸 받아 들고 여기는 베를린이라며 웃었다. 우리는 나의 더러운 숙소에 도착했고 나는 정말 당황했다. 이 숙소에 나 이외의 사람이 들어올 거라는 생각을 못 했기 때문에 숙소는 엉망진창이었다. 동시에 이 사람에게 잘 보이고 싶어 하는 허망한 마음을 느껴서 우스웠다. 조금 포기하는 마음으로, 어지러운 주방에서 우리는 세르주 갱스부르의 노래를 틀어놓고 춤을 추기 시작했다. 그는 나의 가슴에 키스하며 커서 힘들지 않느냐고 물었다. 우리는 계속 농담을 했다. 그는 보드랍고 연한 머리카락이 뒤통수에만 조금 남은 대머리였고 손목에는 깔끔하고 고급스러워 보이는 시계가 감겨 있었으며 색상과 소재가 트렌디한 자켓과 그에 어울리는 바지를 입고 있었다. 키가 아주 커서 높디 높은 천장도 그에게는 낮아 보였다. 내가 이 거지 같은 숙소에 머물지 않았더라면 우리는 섹스할 수도 있었겠지만 나는 2미터는 되어 보이는 그와 작은 소파 베드에 끼어 잠을 청하는 것을 택했다. 이 더럽고 작은 숙소에 그를 머물게 했지만 나는 곧 여길 떠날 사람이어서 별로 미안하지도 않았다.

안녕? 좋은 아침. 그는 나를 '나의 작은 제인 버킨'이라고 불렀다. 그럼 당신은 나의 우스꽝스러운 갱스부르. 날 사랑한다고 했던가 내 가슴을 사랑한다고 했던가. 상관없다. 그는 몇 번의 키스 후 숙소를 떠났고 나는 잠을 좀 더 잤다.

베개에는 옅은 향수 냄새가 남아 있었다. 이럴 때 내가 먼저 떠날 수 없었다니 분하다. 오후에는 욕실로 가서 천천히 씻고 지하철을 타고 나가 전시 하나를 봤다. 어둑한 베를린 밤거리의 공기 중에 분무기로 뿌리는 듯한 옅은 비가 떠다니고 있었다. 전시장 주변에서 저녁을 먹으며 구글 맵을 확인하다가 '멜로디 넬슨'이라는 이름의 바가 있다는 것을 알게 됐다. 그곳에서 러스티네일을 마셨다. 좋은 노래가 볼륨감 있게 흘러나왔고 나는 가만히 앉아 있었다.

다시 혼자가 되었다. 우리는 연락처를 나누었지만 연락하지 않았다. 그는 어떤 집에 살까. 어떤 일을 할까. 몇 살일까. 영원히 알 수 없을 것이다. 나는 원래 도망자에게 관대하다. 나역시 도망자니까. 오늘은 꽤 괜찮은 날이다.

휘발성 사랑
나누기

너의 귓바퀴를 만지며

책장을 넘기는 상상을 했다

거칠고 도톰한 너의 등은 책의 껍질

그 뒷면을 소중한 듯이 쓸어내리고 쓰다듬으면

어느새 따스한 내용

새의 부리 같은 입술에 내 입술을 가만히 맞추고

부드러운 배에 얼굴을 파묻는다

어디서도 배우지 않은 시선으로

서로를 만지고 읽는다

야하지 않은 너의 몸이 좋다

너무 많은
이별담

다들 내 생일 직전에 나랑 헤어지자더라. 웃긴 일이야. 함께 축하할 기분이 안 되니까 생일 직전은 이별의 기회이기도 하겠네. 어떤 이는 자신의 생일까지는 나와 보내고 그다음 날 헤어지자고 하던데. 그건 이별은 해야겠는데 자기 생일은 불행하게 보내기 싫으니까 생일만큼은 함께 보내고 헤어지자는 뜻이지?

연애는 나를 살게 할 만큼 달콤했고 나를 죽게 할 만큼 매웠다. 너무 많은 연애는 별의별 이별담만 남겼다.

J는 우리가 만난 지 100일째 되던 날 나에게 이별을 말했다. 나는 전혀 예상하지 못했다. 100일을 기념하며 손수 만들었던 도시락을 그에게 쏟아부어줬다면 좋았겠지만, 나는 그의 손에 도시락 통을 쥐여주고 엉엉 울어버렸다.

D와의 이별은 예상 가능한 느낌이라 마음을 강하게 먹고 나갔는데 그만큼 세게 펀치를 맞은 기분이었다.
"당신을 좋아했던 이유가 전혀 생각이 안 나요….."
나도 왜 널 좋아했는지 모르겠다고 욕을 해주었으면 좋았을 텐데. 나는 자리를 일어나 집으로 걸어가며 투애니원 노래를 듣는 정도로 얌전하게 이별했다.

S는 카톡으로 이별을 선고했다. 연애 짬이 차서 이젠 대충 감으로 이별의 기운을 느끼고 있었다. 그러던 중에 이별 카톡이 내 달콤한 아침잠을 깨운 것이다! 너무 웃겨서 실컷 웃다 다시 잠들었고 다시는 연락하지 않았다.

마음이 떠난 건 왜 이렇게 티가 날까? 그걸 보고 있으면서도 모르는 체 웃고 사랑해. 이별이 오면 약간 깜짝 놀란 듯 슬퍼해. 날 사랑하는 사람은 날 헷갈리게 하지 않는다. 나에게서 마음이 떠난 사람도 마찬가지다. 내 마음을 가지는 방법도 버리는 방법도 사람들의 개성만큼 각양각색이었다. 그 여정에서 배운 점은 상대가 슬슬 나를 유통기한 지난 빵처럼 대하기 시작한다면 사랑은 끝났다는 것이다. 그럼 있는 힘을 다해 사랑을 버리고 돌아서라. 버리지 않으면 버려지는 게임이므로.

방에서 벌레를 눌러 죽이고 있어

운명을 안 믿어서 운명이 사라졌나

집으로 가면 너와 헤어질 테니

집에는 안 갈래

그냥 그 바다에 있을래

그냥 그 공원에 있을래

너무 많은 연애

내가 원하는 건 사랑뿐이었는데

누군가를 목 조르게 해

쌍둥이

어제 바에서 만난 사람은 자신이 세쌍둥이 중 하나라고 했다. 자신은 다른 형제와 취향도 생김새도 닮아 좋은 친구를 둔 것 같다고 했다. 그 둘은 일란성쌍둥이로 하나의 유전자를 공유하지만 다른 형제는 유전적으로는 외톨이다. 그에 대한 미안함과 존중을 가지고 있다고 했다.

나는 상상했다. 나의 출생과 동시에 태어난 형제가 있다면 어떨까. 과한 감정 이입 없이 가볍게 생각하면 조금 끔찍했지만 진지하게 생각하니 진심으로 기뻤다. 나와 비슷한 사람이 세상에 존재한다는 것은 끔찍하고 또한 그러하기에 기쁠 것이다. 내가 세상에 받아들여지지 못하고 깨지는 세월과, 그래도 살아가기 위한 여정을 나와 함께 태어난 동지가 꽤 비슷하면서도 완전히 다르게 겪고 있을지도 모른다. 한날한시에 같은 곳에서 태어나도 인간은 모두 다른 걱정과 욕망을 갖고 살아갈 것이다. 자아라는 것은 참 신기하다. 그런 그는 내년에 여자 친구와 결혼한다고 했다. 아, 축하해!

너는 남편이 있니? 아니.
남자 친구는? 글쎄.

여자 친구는? 글쎄.

그렇구나.

왠지 외로운 기분이 드는 건 뭘까. 자아라는 것은 참 신기하다.

나의 행복

너를 만나고 돌아오면 몸이 흔들릴 정도로 심장이 뛴다

손을 마주 잡을 때마다
입을 맞출 때마다
나의 행복은 너에게 옮겨갔다
그래서 나에게 지금 행복이 없나 봐
다시 너의 손을 잡고 입을 맞추면 돌아올까
나의 행복이

네가 요즘 손을 잡는 사람들과 나누어 쓰렴
네가 요즘 입 맞추는 사람들과 나누어 쓰렴
나의 행복을

백신

너의 이야기를 듣고 눈물이 흘렀다. 네가 얼마나 괴로웠을까 하는 생각에 며칠 동안 가슴이 아팠다. 그런데 너는 그 순간에도 사랑하는 연인과 연락을 주고받았던 거지. 나는 혹시, 만약이라는 너에 대한 기대로 살아갔던 것 같다. 네 아픔은 그녀에게 이야기해. 왜 나에게 너의 아픔을 이야기해?

네게 남은 사랑은 잘 간직할게. 이제 너에 대한 마음은 스스로 불쌍해지고 싶을 때 맞는 백신 같은 거야. 막고 싶은 균을 조금 투여하여 항체가 생기게 한다. 너에 대한 사랑을 나에게 조금씩 투여해서, 아파하며 낙담하며 너를 사랑하지 않을 만큼 강해질 거야.

이렇게까지 사랑을 믿지 않아도 될까?

헤어진다
해도

사랑받고
싶어

옛 연인들은 나의 꿈에 자꾸만 출연하여 나를 괴롭게 한다. 비슷한 내용을 수백 번씩 꾼다. '못다 이룬 사랑에 대한 한이나 오해를 풀고 다시 만나니 참 좋더라' 하는 유의 스토리는 아니다.

나는 묻는다.
"앞으로도 나를 계속 사랑할 거지?"

"응. 앞으로 누군가를 만나서 사랑을 하고 함께 죽음을 맞게 되어도 마음 한구석에는 너와의 사랑을 남겨둘게."

"사랑해. 잘 지내."
그렇게 우리는 헤어진다.

거짓말이라도 좋으니 나를 떠나는 이들이여, 그렇게 말해주면 좋겠다. 우리 그렇게 공평하게 지내자.

귀엽고 잔인한
사람이여

.

당신은 당신이 중요하고 나는 우리를 사랑하는 내가 중요하다. 당신은 알까? 친구가 된 우리는 연인이었던 그 모습 그대로야. 그래서 우리는 참 이상해 보여. 아마 나는 이때까지 당신에게 한 번도 사랑받지 못했던 거겠지? 어떨까? 내가 이런 사람이 아니었다면 당신과 오래 사랑할 수 있었을까?

나는 너를 생각하며 나를 만진다. 나를 만지며 눈물을 흘린다. 이제 너처럼 나를 만질 사람은 이 세상에 아무도 없다. 그게 너무 이상해. 네가 그녀에게 사정한다는 것이.

너는 이제 네가 그렇게 원하던 곳으로 가서 너를 안아주는 사람과 함께 영원한 사랑을 맹세하고 웃고 싸우는 행복한 사랑을 하고 그 사람과 닮은 아이를 낳고 살겠지. 그렇게 살다 죽는다. 당신을 정말 사랑하고 싶었어. 어떻게 날 사랑하지 않으면서 내 노래를 사랑했어?

당신이 오늘 밤 세상에서 가장 불행한 사랑을 나누었으면 좋겠어.

사랑하는
사람이

없다는
가벼움

지금은 누구도 사랑하지 않는다. 옛사랑들의 추억은 잔잔하게 마음속에 남아 있다. 그러나 지금 마음속에서 나를 괴롭히거나 행복하게 하는 사람은 없다. 재미있는 것을 보고 전해주고 싶은 사람도 없다. 함께 놀러 가고 맛있는 걸 같이 먹고 싶은 이도 없다. "누구도 좋지 않고 좋아해주지도 않아요(퓨어킴의 노래 「요」 가사 중)." 누구도 사랑하지 않을 때 문득 맨다리에 닿는 긴 치마의 감촉을 느낀 어떤 오후를 기억한다. 호텔 침대에 누워 깨끗한 맨발을 비비며 혼자여서 좋구나, 생각하던 감각을 떠올린다.

나는 나의 사적인 거의 모든 것을 세상에 내놓고 팔리기를 기다리는 노점 상인이다. 작은 메모들은 트윗이나 가사가 되었고 작은 취향들은 나를 알리기 위한 콘텐츠로 소비되었다. 작업실과 주방에는 카메라가 들어와서 음악 작업 과정과 요리 레시피를 촬영해 갔다. 나를 구성하는 것 중 세상에 보여주지 않는 것이 없었다. 그때부터였을까? 내가 누구도 사랑하지 않게 된 것은.

4부   사월에게

사랑하는
미움들

데뷔를 하고 눈물이 멈추지 않을 정도로 불행했다. 활동명을 얻고 원래 이름을 잃었다. 원래의 이름은 은행에 가거나 병원에 갈 때, 공과금을 내거나 택배를 받을 때 사용했다. 사람들은 나를 활동명으로 불렀고 나는 지긋지긋한 본명 대신 김사월이 되고 싶었다. 얼굴과 의상이 잘 정돈되어 꾸며져 있고 그런 모습으로 조명을 받고 음악을 하는 사람으로 이름도 사월.

그런 사람이 되어보고 싶었다. 그럴수록 집에서 빨래를 개고 설거지를 하거나 불면과 우울증에 시달리는 본명의 일은 하찮은 것처럼 느껴졌다.

이런 곳 저런 곳에서 환대를 받거나 하대를 받았다. 음악은 나에게 말도 안 되게 적은 돈이나 내 생각에는 많은 돈을 제시했다. 사람들에게 사랑도 받았고 증오도 받았다. 그리고 집에 돌아오면 나는 아무것도 아닌 사람이었다. 본명의 마음은 매일 궁핍해져갔다.

그런 나를 사랑하라니 부족함투성이인 나를 미워하는 마음을 품지 말고, 내 모든 결점들을 그냥 무시하듯 내버려두라는 뜻일까? 나는 아직도 나를 사랑하는 방법을 잘 모른다. 그러나

예전처럼 나를 가치 없는 인간이라고 생각하지는 않는다.

나의 작품은 누군가에게는 위로를 주고, 누군가에게는 별로라고 평가받지만 나의 인격과 가치와 쓸모를 규정하는 것이 아니다. 내가 가지고 있는 대화 방식 중의 하나다. 나는 농담을 할 수도, 소리를 지를 수도, 소중하게 어루만지는 위로를 할 수도 있다.

나는 물건이 아니다. 무대에서 노래를 부르고 집으로 돌아와서는 설거지를 하는, 선의와 비열함을 모두 가진 한 명의 살아 있는 사람이다.

슬픈 생각이 지겨워

나는 제멋대로 지냈네

사랑하는 미움들과 지냈네

9월의 어느 저녁에

나는 문득 생각이 났네

사랑하는 미움을 멈추고 싶어

스스로를 미워하며

살아가는 것은 너무 달아

그걸 끊을 수 없다면

어떻게 살아가야 하는 걸까

졸피뎀

불면증과 우울감 때문에 병원을 찾게 된 건 3년 전이다. 내가 병적으로 우울하다는 사실을 의사에게 확인받았을 때는 스스로가 불쌍해서 눈물도 났지만 그것도 잠시, 나 역시 다른 이들처럼 우울과 불면 속에서도 일상생활을 견뎌내야 했다.

꼬박꼬박 약을 먹는데도 잠은 계속 오지 않고 점점 더 깊은 우울에 빠졌다. 그럴수록 병원에서는 강도가 센 약을 처방해주었다.

약 기운에 환각을 보았고 자주 기억을 잃곤 했다. 나아지려고 약을 먹는데 약의 부작용 때문에 더욱 우울해지는 것 같았다. 수면제를 먹어도 새벽까지 잠들지 못하다가 해가 뜨면 쓰러지듯 잠이 들었다. 약이 기능하기까지 걸리는 시간을 참지 못하고 종종 인스타그램 라이브를 켰다. 약에 취한 채로 방송을 켜서 약에서 깨면 생각도 안 날 이런저런 이야기를 주절거렸다. 지금 생각하면 이해할 수 없지만 그때는 그랬다. 외로웠는지도 모르겠다.

잠에서 깨어나도 몽롱한 기운은 여전했기 때문에 일상에서는 정오 이전의 시간을 기억하지 못했다. 오전에 사람을 만나 미팅을 하고 나면 사람도 내용도 기억하지 못했고 몸만 나가서 입만 움직이고 돌아왔다. 침대 앞에서 비틀거리다 협탁에 놓인 유리잔을 깨트린 적이 있다. 침대와 바닥에 깨진 유리 조각이 잔뜩 흩뿌려졌다. 나는 멍하니 그 광경을 보다가 큰 유리 조각만 대충 치우고 다시 침대 속으로 기어들어갔다. 너무 졸려서 잠을 자야만 했다. 약 기운이 가시고 난 후에도 바닥에 깔린 유리 조각을 한참 치우지 못했다. 그냥 그럴 마음이 안 들었다.

그러다 점점 약을 먹을 마음이 들지 않았다. 의사 선생님은 저녁 열시쯤 약을 먹고 열두시쯤 잠드는 패턴을 권장했지만 새벽 세시, 네시가 넘어가도 나는 잠들고 싶지 않았고 약을 먹을 마음은 더더욱 없었다. 마침내 약을 먹지 않으면 안 될 시간이 되면 너무 우울해졌고 더더욱 먹기 싫었다. 버티다가 다음 날이 걱정되면 억지로 약을 먹고 기분이 안 좋아져서 인스타그램 라이브를 켰다.

매일 먹어야 하는 약 중 하나가 수면에 도움을 준다는 졸피뎀이었다. 그러던 어느 날 염증 때문에 약을 처방받았는데, 그

약과 졸피뎀의 성분이 무언가 맞지 않아서 부작용이 염려되는 상황을 만나게 되었다. 그래서 나는 졸피뎀을 끊었다. 돌고 돌아 지금은 나에게 더 잘 맞는 정신과 약을 처방받고 있다. 잠드는 방법을 잊고 잠에 들지 못했던 수많은 밤들이 떠오른다. 너무 고독해 누군가를 찾고, 상처 주고 상처받으며 잠에 들기를 바랐다.

이제는 그런 슬픈 불면의 밤을 보내고 싶지 않아서 잠들기 전의 시간을 최대한 내가 좋아하는 것들로 채워서 스스로를 수면으로 조심스럽게 유인한다(알면서 스스로에게 속아주는 거지만…). 따뜻하게 샤워를 하고 셀프 마사지를 하고 디퓨저에 아로마 오일을 떨어트리고 백색 소음을 켜놓는다. 이전으로 돌아가고 싶지 않아 열과 성의를 다한다. 그럴 수 있다는 건 내가 나아졌다는 증거다.

잠들지 못하는 많은 친구들과 불면증을 가진 엄마를 생각한다. 새벽 서너시가 되어도 잠들지 못하며 자조 섞인 트윗을 올리고 귀여운 게시물들에 마음을 찍는 나와 친구들이 오늘은 평온한 밤을 보낼 수 있기를 기도한다.

소비되고
싫어

나같이 별 볼 일 없는 사람에게 영향력이 생기면 안 되는 건데. 이왕 영향력이 생긴다면 좋은 영향력을 주는 사람이 되고 싶다. 그렇지만 그런 소질은 없는 것 같다. 내가 소비하는 사람들은 정말 뭔가 다르고 뭐든 잘하는 것 같다. 나는 너무 완벽하기를 원하는 게 아닐까.

"사월도 나도 소비되고 싶었던 인간이네?"
어제 술을 마시다가 친구가 해준 이야기다. 세상 사람들에게 소비되고 싶은 방향의 길로 계속 걸어가다 보니 우리는 소비되어야만 하는 직업을 가지게 되었다. "그렇지만 현실 연애 시장에선 더럽게 안 팔리지"가 주된 대화였지만.
나는 대외적으로 슬슬 소비되고 있는 나를 즐기면서도 불안해하고 있다. 마치 언젠가 떠나갈 인연을 걱정하며 당장의 상황을 못 보는 사람처럼. 차라리 "마음껏 날 욕망하고 버려도 좋아!"라고 뻔뻔하게 말할 수 있는 사람이 되고 싶기도 하고 소모되지 않는 영원하고 무한한 우주가 되고 싶기도 하다. 아니야. 그냥 소비되는 편이 낫겠다. 나 대신 나를 좀 사랑해줄 사람을 찾습니다.

죽 어

자신을 보호할 수 있어야 해. 스스로를 보호하지 않으면 타인에게도 보호받을 수 없어. 자신을 파괴하며 살아간다면 타인에게도 파괴당하기 쉽지. 이 모든 것은 자신만이 조절할 수 있는지도 몰라. 자기 자신의 삶이니까.

하지만 사람들은 죽고 싶을 정도로 괴롭기에 죽고 싶다는 생각을 종종 한다. 누구의 관심도 끌 수 없다는 걸 알기에 성실하게 살아간다. 사라지면 안 돼. 아무도 슬퍼하지 않아. 그만두면 안 돼. 아무도 기억하지 않아.

그러니까 나의 부재를 가장 슬퍼하고 나를 가장 기억하는 사람은, 내가 원하는 사랑을 정확하게 줄 수 있는 사람은 나뿐이라는 것.

이런 것도 사랑이라면,
이 세상을 살아가며 나만이 나를 사랑했을 뿐.

겨울 천장

누워서 천장을 바라보고 있다. 겨울은 해가 빨리 진다. 부은 목 때문에 하루 종일 잤다. 이제 좀 괜찮은가, 침을 한번 삼켜본다. 베란다에 달린 보일러 소리가 밖은 아주 춥다는 사실을 알려주는 듯했다. 보일러에서 눈 오는 고속도로를 달리는 트럭의 소리가 났다. 그 소리를 듣고 있으니 눈안개를 헤치며 질주하는 기차의 칸에 탄 기분이 들었다. 아이폰에서는 피아노 클래식이 흘러나왔다. 잠에 들거나 안정을 취하고 싶을 때 종종 작은 소리로 틀어놓는 것이다.

하루가 지나가고 인생이 지나간다. 내가 자는 동안 오늘도 누군가는 기뻐하고 괴로워하며, 질투하고 외로워하며 하루를 보냈겠지. 그런 생각을 하니 홀로 죽는 것이 두려워졌다. 언젠가 세상에서 사라질 때 누군가 내 손을 잡아줄 수 있다면. 그런 기분으로 사랑을 찾고 고독해한다.

어느 날의
일기

어제는 죽고 싶었다. 술을 마셨고, 계속 마시다가 감정이 고조되었고, 흥분해서 울고 정신이 없을 정도로 눈물을 쏟아내다가 정신을 차리고 보니 다들 택시 타고 집에 가버렸지. 집으로 걸어가다가 이렇게는 집에 들어갈 수 없다는 생각이 들었다. 진짜로 들어가고 싶지 않다기보다는 그런 기분이 들 정도로 우울해서 어떻게라도 증명을 받고 싶었던 거다. 눈에 보이는 허름한 계단에 앉아서 데이팅 어플로 사람을 찾았다. 아무것도 마음에 안 들고 망했다고 느꼈을 때 아침이 밝았다.

오늘은 모두 사랑해. 숙취 때문에 계속 누워 있다가 겨우 일어나서 옷을 개고 있는데 친구 둘에게서 카페에 모여 있다고 연락이 왔다. 그들은 내가 다시 일상으로 들어올 수 있게 도와줄 것이다. 번쩍 기뻐진 나는 씻고 그들이 있는 카페로 향했다. 아름답고 하얀 카페는 빈티지 도자기와 시나몬 스틱 묶음을 소품으로 팔고 있었다. 우리는 서로를 무심하게 사랑스러워했고 일상적인 장난을 치며 수다를 나누었다. 이야기를 많이 했더니 곧 배가 고파졌다. 우리 모두 매운 음식이 먹고 싶었고 마라탕을 먹으러 나섰다. 마라탕과 마라샹궈와 비건 꿔바로우까지 잔뜩 시켜 호호 불어 천천히 먹기 시작했다. 그러다 한 친구가 이런 이야기를 했다.

"너는 자기밖에 모르는 사람이야"라는 말을 들은 적이 있다고. 자신은 그런 사람이 되고 싶지 않았기 때문에 자신을 보여주지 않고 친절해지는 사람이 되어가고 있다고.

나는 무척 공감했다. "자기밖에 모르는 사람"이라는 말이 주는 상처에 대해 생각했다. 발화한 상대가 말하고 싶었던 게 진짜로 그런 의미는 아니었을 수도 있다. 사람들은 사실 모두 자기밖에 모르기 때문이다. 하지만 그런 말을 들어버린 사람은 그 한마디에 매달리게 된다. 어찌하면 이기적인 사람이 되지 않을 수 있을까? 그 마음을 알려준 친구 덕분에 왜인지 모르겠지만 나는 위로를 받았다. 우리 또 만나자. 다음에는 우리 길게 이야기 나누자고 그렇게 인사를 하지만 다음에도 우리는 커피를 마시고 시답지 않은 이야기를 하고 매운 음식을 먹을 것이다. 그러다 또 그다음을 기약하며 인사를 나눌 것이다. 그래도 괜찮아. 다음이라는 게 있어서.

다음 날은 다시 죽고 싶었다. 세상에는 내게 전혀 관심 없는 대다수의 사람들과 나를 아는 소수의 사람들이 존재하고 그

중에 나를 사랑하는 사람들과 나를 미워하는 사람들이 섞여 있다. 누군가가 나를 미워한다는 것을 알면서도 멀쩡히 살아 가야만 하는 일에 대해 생각한다. 사랑받는 기쁨에 취해 죽어 선 안 되고 미움받는 것에 아파 죽지도 말아야 한다.

사람들은 사람들에게 행복하라고 말하지만 그 사람들도 행복 하지 않아.
사람들은 사람들에게 슬프라고 말하지만 그 사람들도 슬프지 않아.

살고 싶다

나는 사랑한다. 내가 살아 있다는 사실을.

죽네, 사네 하며 글과 가사를 쓰는 이유는 정말 살아 있고 싶어서이다. 이건 좋고 저건 싫다고 불만하는 이유는 이렇게 살고 싶지 않아서이다.

살고 싶다.

오래오래 아프지 않고 살아서, 노인이 되어서도 갓 내린 커피의 맛을 느끼고 싶다. 오후 대여섯시의 오렌지빛 태양이 낮아지며 남기는 그림자를 기억하고 싶다. 샤워를 한 뜨겁고 촉촉한 몸에 보디미스트와 향수와 로션을 바르고 흡수시키고 말려서 향긋한 살냄새를 맡고 싶다. 주말이면 포근하게 늦잠을 자고 마루에 앉아 바삭하게 마른 수건을 갠다. 남색으로 변해가는 초저녁의 공기 속에 원피스와 슬리퍼만 걸치고 집 주변 수풀을 헤치며 걷고 싶다. 영화관 어두운 관객석에서 비집고 나오는 울음소리를 참으며 턱으로 줄줄 흐르는 눈물을 닦고 싶다.

이 바람이 절실하게 느껴질 때, 그리고 그것이 나의 삶과 크게 다르지 않다고 느껴질 때, 그제야 나는 제대로 산다.

초록색
창문

"차창 밖의 풍경을 본다. 사람들은 그 풍경을 보는 듯하지만 눈은 거기에 있어도 자신의 과거를 떠올리게 된다."

위의 문장은 고등학생 시절 언어 영역 비문학 문제를 풀면서 읽은 어떤 지문의 조각이다. 빠르게 흘러가는 이미지가 과거의 기억을 자극한다는 요지의 글이었다. 10년도 더 전에 읽은 시험지의 지문이 아직도 기억이 나다니 10대 시절의 기억이란 참 신기하다.

고등학교 3학년 때까지 기차를 탄 경험은 미술 실기 대회 때문에 서울에 올라가본 것이 전부였다. 이른 오후 친구들과 함께 도시락을 먹으며 기차 칸 안에 앉아 있는데 순간 초록색 플라타너스가 창문에 가득 찬 구간을 달렸다. 아름다운 순간이었다. 나는 그 짧은 순간에 '제발 원하는 학교에 갈 수 있게 해주세요' 하고 간절하게 바랐다. 다시 저 초록 창문을 볼 수 있게 해주세요.

겨울이 되어 수능을 치고 나니 미술 학원 겨울 특강이 기다리고 있었다. 하루에 세 타임, 세 시간씩 그림을 그린다. 그림으로 시험을 치고 모의 채점을 하고 그 점수보다 높은 점수를 받기 위해 다시 그림을 그린다. 뭐든 스펀지처럼 흡수해야 하고 성과로 나를 증명해야 하는 정신과 육체의 극한 체험. 나는 파스텔을 쓰는 과목을 준비하느라 수시로 손을 닦아야 했지만 물티슈를 살 돈이 없어서 젖은 수건에 손을 닦으며 이 모든 상황을 뒤집어버리겠다는 포부로 이를 갈았다.

마침내 정시 실기 기간이 다가오고 학생들은 실기 시험장으로 모여든다. 어떻게 가서 뭘 그리는지 정신이 아득할 정도로 긴장하고 있다. 시험장에 다녀오면 학원으로 돌아와 재현작을 그려야 한다. 선생님들은 그 그림을 보고 합격 불합격 예상을 한다. 그렇게 '다'군 실기 시험까지 마치고 휴대폰을 켠 나는 내가 원하던 '가'군의 학교에 합격했다는 문자와 축하 문자, 여러 통의 부재중 전화가 와르르 쏟아지는 것을 보았다. 기쁨과 놀라움과 감격에 바들바들 떨며 주저앉을 만한 후미진 계단을 찾아 앉고 주임 선생님께 제일 먼저 전화를 했다.

주임 선생님이 내 이름을 반갑게 불렀다. 나는 그 음성을 듣자 세상 서럽게 울었다. 주임 선생님은 학생들을 정말 많이

때렸지만 대학교를 잘 보낸다는 이력 때문에 많은 학생들이 그 선생님께 수업을 받고 싶어 했다. 나 역시 그 선생님의 눈에 들기를 바라며 맞아가면서 그림을 그렸다. 그리고 내 소망이 이루어진 지금 주임 선생님에게 너무나 칭찬을 받고 싶었다. 그때 이 무서운 세상에 복수하며 굴복하는 이상한 경험을 처음 했다.

서울의 대학교 기숙사로 떠나던 날 새벽의 어두운 아파트 단지가 생각난다. 나는 옷 몇 벌과 일기장과 좋아하는 CD 몇 장, 친구들과의 편지 같은 것들을 배낭에 챙겼다. 이불은 택배로 부쳤다. 기타도 가져가고 싶었지만 너무 튀는 아이처럼 보이고 싶지는 않아서 나중에 학교생활에 적응하면 가져가기로 했다. 단발머리에 어설프게 화장을 하고 검은색 바바리코트를 입은 나를 엄마는 슬프지 않게 바라보려고 노력하는 것 같았다. 나도 그러고 싶어서 슬쩍 웃으며 엄마와 포옹하고 엘리베이터를 탔다.

서울로 달리는 기차 좌석에 앉아서 나는 초록색 창문을 찾았다. 그때 한 발짝만 멀어졌어도 지금의 나는 없을 거라는 생각에 종종 사로잡힌다. 하지만 그때가 아니어도 기억도 안 나는 벼랑으로 수없이 떨어졌고, 무언가에 대한 선택이 좋은 결과로 이어지거나 실패하는 경험은 삶의 매 순간 있었던 것 같다. 시간이 한참 흘렀지만 아직도 입시의 기억은 피곤하거나 압박을 받을 때마다 꿈으로 나타난다. 수능을 두 번 치는 꿈, 대학을 두 번 가는 꿈 등으로 상영되는 고등학교 시절의 기억. 지금도 그때의 꿈을 꾸면 너무 무섭다.

당신의
책장은

어떤
모습인가요

데뷔 초에 한 라이프 스타일 매거진에서 '당신의 책장은 어떤 모습인가요?'라는 주제로 인터뷰를 요청해왔다. 그때의 나는 더 많은 사람들이 나를 찾길, 내 이름을 불러주길 바라고 또 바랐다. 인정 욕구에 휩싸여 불안정했던 시기에 들어온 그 인터뷰는 참 재미있을 것 같았다. 기쁘게 인터뷰에 응했지만 사실 막막했다. 그 당시 나에게는 책장이 없었기 때문이다.

책도 몇 권 없었고, 고시원과 셰어 하우스를 전전하다 옥탑방에 들어간 지도 몇 달 안 되었을 시기였다. 에디터 분께 "제가 그런데 책이 많이 없어서요" 하고 조심스레 여쭤보니, 바닥에 쌓아둔 책도 책장의 형태라 생각한다고 말해주셨다. 그런데 저는 정말 책이 몇 권 없어요…. 그 말은 차마 하지 못했다.

인터뷰 날이 다가오고 불안감에 나의 옥탑방은 점점 더 더워지고 작아지는 것 같았다. 인터뷰 당일 나는 집 주변의 목공소에서 공간 박스 몇 개를 샀다(엘리베이터가 없는 4층 옥탑으로 끙끙거리며 박스를 올려보냈다). 전부터 사고 싶었던 책도 몇 권 샀다. 책이 너무 없어 보여서 그랬다. 에디터 분이 나의 집에 들어오셨고 나와 내 집은 정말 별게 없었다. 그게 나였다. 집이 너무 좁아서 책장 앞에 앉아 있는 나를 찍으려면 에디터 분이 대문 밖으로 나가야 했다. 하지만 그것과 상관없이 인터뷰는 재미있었다.

예술가들이 추천할 법한 아름다운 시집과 예술적인 소설은 추천하지 못했지만 친구가 만든 책과 만화책을 소개했다. 잡지를 받아 보니, 지면에 실린 인터뷰이들은 TV에 나올 것 같은 창이 크고 멋진 건물 안 원목 책장 앞에서 사진을 찍었다. 나는 초라했다. 그럼에도 나는 사람들이 나를 찾고, 궁금해한다는 것이 신기해서 내심 잡지에 내가 나왔다는 것이 너무 기뻤다. 2015년 여름에.

책장 정리

나의 책장은 책이 꽂혀 있는 곳이라기보다 여기저기서 받은 것들을 쌓아두는 창고형 쓰레기통 같았다. 약 2년 동안 어디선가 받은 계약서와 뭔가를 증명하는 종이들, 읽은 편지들 등을 아무렇게나 책장에 끼워 넣고 무척 너저분한 채로 관리를 전혀 못해 먼지가 쌓여 있었다. 언젠가 정리해야지, 해야지, 하던 순간이 드디어 온 것이다. 나는 불을 밝게 켜고 안경과 마스크를 끼고 비장한 마음으로 책장 앞에 섰다.

에이전시와 일하기 전에는 공연과 여러 가지 이벤트들의 계약을 내가 직접 했다. 지난 업무들의 계약서가 와르르 쏟아져 나왔다. 계약서들 중에는 속상한 것도, 자랑스러운 것도 있었다. 사람들과 분쟁이 있어 남겨뒀거나 증거로 받았던 문서도 몇 있었다.

팬 레터 꾸러미가 나왔다. 공연에 와주신 분들이 오며 가며 손으로 직접 써주신 편지와 엽서, 스티커 등 작은 물건들이 한데 모아져 있었다. 크기에 따라 차곡차곡 모았다. 전 재산을 잃었던, 모욕당했던, 사랑받았던 흔적들이 쏟아져 내렸다.

학생일 때의 시간 감각이 떠오른다. 4월에는 중간고사, 7월
에는 기말고사. 여름에는 방학을 보내고 가을엔 축제를 한다.
교과서의 진도가 모두 나가고 한 학년이 끝나갈 즈음이면 학
급 TV로 영화를 보고 입김이 나는 겨울에 다음 학년의 반 배
정 발표가 난다. 어른이 되어 이 감각을 흐릿하게 기억하며
나는 계절을 즐겁게 보내기도 시간을 너무 빨리 쓰기도 했다.
더 이상 누가 정해주지 않는 인생을 홀로 노를 저어 사랑하는
곳과 미워하는 곳들을 디뎠구나. 마스크와 안경을 벗고 눈물
을 닦는다.

「머리맡」 중에서

이름 모를 사람들이 친구라는 변명을 하며
관람해왔던 너의 방
잠깐 네가 잠든 사이에 머리맡을 보네
방금 전에 알던 어린 시절의

셀 수 없는 사람들이 진심이라 오해를 하며
갈망해왔던 너의 마음
잠깐 네가 잠든 사이에 머리맡을 보네
방금 전에 알던 어린 시절의 너의 사진

밤의
비행기

밤의 비행기를 좋아한다. 정확하게는 비행기에서 맞이한 밤의 시간을 좋아한다.

비행기가 이륙하면 승무원이 승객들에게 음료와 식사를 나누어준다. 그리고 서서히 조명이 어두워진다. 승객들은 스르르 잠에 빠져든다. 비행기는 꾸준하게, 그러나 굉장한 속도로 날아가고 기내는 조금의 덜컹거림과 함께 공기가 파열되는 울퉁불퉁한 소리가 고요히 반복된다.

이 안에는 시간도 날짜도 국경도 없다. 시간에 쫓겨 초조하게 일을 할 필요도 없다. 날짜에 연연하다가도 도착하면 어차피 다른 날짜이다. 한 치의 망설임도 없이 목적지를 향해 돌진하는 조용하고 유유한 이 밤이 나는 그리웠다. 부드러운 비행기 담요 속에 사람들은 엉켜서 잠들어 있다. 그 어둠 속에서 눈을 뜬다. 그제야 나는 살아 있다는 죄책감에서 벗어난다.

아침의
글

아침의
멜로디

참 신기하다. 아침에 쓰는 글은 미묘하고 신선하다. 편하게 읽을 수 있는 글을 쓰고 싶은 마음으로 볼 때 밤의 글은 지나치게 감성적이다. 밤은 다음 날 아침에 찢어버려도 좋을 걱정들로 차 있다. 아침은 좀 다르다. 아침엔 나의 재료들이 차분하게 가라앉아 있다.

음악 작업을 할 때 보통 아침의 글은 사용하지 않았다. 아침의 멜로디 역시 사용한 적이 없다. 밤의 외침만이 유효했다. '정도껏'을 한참 넘는 감정들이 음악을 만들 감흥을 주었다. 내 음악의 텍스트를 채우는 방식은 '여기서 더 원하면 어떻게 될까? 내가 더 원하면 넌 이제 어떻게 할래?'라는 물음의 판타지를 채우는 게임 같은 것이었다.

쏟아지는 탁한 욕망들이 지나간 멀쩡하고 맑은 아침은 심심해서 좋은 점이 있다. 크게 원할 것도 쉽게 아쉬울 것도 딱히 없다는 것. 미지근하게 식은 나를 있는 그대로 받아들여본다. 그게 참 신기하다. 나처럼 좁은 스펙트럼의 사람도 들여다보면 작은 쓸모가 있다니. 물론 이 글을 쓰는 지금은 아침이지만.

우울은
수용성

어젯밤에는 라면을 먹었다. 딱히 배고픈 건 아니었다. 라면이 무척 당겼던 것도 아니었다. 왠지 라면을 먹으면 탐욕스러운 내 안의 욕망이 그 행위를 좋아할 것 같았다. 다 먹고 나니 뭔가 멍해져서 잠을 잤다. 기분 나빠. 이런저런 꿈을 꾸다 아침 여덟시쯤에 일어났는데 뭘 할지 몰라서 (해야 할 일이라면 알고 있지만) 또다시 누웠다. 오후 한시쯤 일어났다. 계속 잠들어 있고 싶었다.

할 일을 알고 있는데도 불구하고 미뤄두고 계속 자는 건 우울하기 때문이라는 글을 트위터에서 읽었다. 그러나 트위터에서 읽은 또 다른 글에 더 마음이 간다. '우울은 수용성'이라는 것. 물에 씻으면 우울이 녹는다니 근사한 표현이다. 그 생각으로 정신을 차려 샤워를 했다. 흐르는 물에 샤워를 하니 우울에 물을 붓는 것 같았다. 축축하게 젖은 우울의 부피는 좀 작아 보였다. 스킨을 바르고 드라이를 해서 뽀송뽀송해진 우울은 나를 조금은 덜 괴롭혔다. 금세 해야 할 일들이 나를 습격했다. 우선 운동을 가자. 어제는 라면을 먹었으니.

너바나

표정이 마음의 상태를 드러낸다면 인상 좋다, 사람 좋다 하는 느낌은 그 사람 마음의 방향을 나타내는 것 같기도 하다. 나는 20대를 보내며 인상이 조금씩 변했다. 나는 좀 뚱하고 시니컬한 인상을 가지고 있었는데, 어느 순간부터 '하하 허허 어쩔 수 없지' 하고 해탈한 느낌의 표정을 많이 짓는다고 했다. 내가 인생에서 원했고 포기했던 많은 것들이 이제는 왜 이렇게 우습고 유치하게 느껴지는지 모르겠다. 그래서 어이없다는 듯 바람 빠지는 웃음을 자꾸만 짓게 된다.

대기실에서

대기실에 앉아 있다. 리허설을 끝내고 샌드위치를 먹고 본 공연을 기다린다. 입장 시간이 다가오면 관객들은 공연장 밖에 줄을 선다. 너무나 조심스럽게 나를 대하는 관계자들을 만나니 좀 쑥스러웠지만 그들의 친절에 감사했다. 매니저 분이 샌드위치를 내가 먹을 수 있는 비건 메뉴로 준비해주었다. 화장실에 가려고 나서니 스태프 분이 안내 겸 따라와주었다.

굉장히 환대받는 느낌이 두렵다. 왜 이렇게 나에게 잘해주지? 하지만 공연을 앞두고 있기에 그런 기분에 너무 골똘해지지 않으려고 한다. 환대와 친절을 받았다면 무엇보다 공연으로 보답을 해야 한다. 공연을 하는 동안 나는 자유롭고 일상에서 벗어난 사람이 되고 싶다. 그런 순간을 앞두면 손끝이 차가워지고 맥박이 빠르게 뛴다(사실 오늘 아침에 일어났을 때부터 두근거렸다). 어서 마치고 싶기도 하고 영원히 그 순간에 머물고 싶기도 한 나의 공연을 오늘도 앞두고 있다. 누군가에게는 익숙하고 누군가에게는 평생 한 번일 나의 공연. 나는 무슨 말을 해야 할까? 그들에게 무엇을 줘야 할까? 언젠가부터는 나를 중심으로 답을 찾고 있다. 모두를 만족시킬 수 없다면 내가 지극히 좋아하는 순간을 만드는 것으로.

손끝을 따뜻하게 만들고 숨을 천천히 쉬어 심장박동을 진정시킨다. 나만의 시간. 오직 나만 생각해야 하는 시간. 그 시간이 나를 기다린다.

한 줌에
쥘 수 있는 작은

차고 넘치게 가지고 싶었는데. 더 잘하고 더 많이 가진 사람이 가치 있다고 생각했는데 꼭 그렇지만도 않은 것 같아. 나는 기껏 채워놓고는 시간이 지나면 이제 쓸모없어졌다고 쓰레기봉투에 버리고, 또다시 제 양보다 차고 넘치게 먹어서 토해버리더라고. 강하게 쥐면 손에 무엇도 남지 않는 모래를 가지려면 가볍게 손을 오므려 넘치지 않게 찰랑찰랑하게 담기. 나의 몫만큼 가지며 오래될 수 있는 내가 되기를 희망하기로 했다.

에필로그_
안부

오랜만에 당신을 만나러 카페에 갔어요. 인사를 건네고 눈을 맞추자 당신의 눈가가 붉어지는 것을 느꼈어요. 그 표정을 보고 우리는 서로의 며칠간을 상상할 수 있었어요. 살고 싶다는 이야기를 찍기로 하고 우리는 너무나 슬픈 며칠을 만났으니까요. 서로를 다독이지 않으면 이해할 수 없는 일들이 일어나요. 좋은 하루 보내라는 안부가 서로의 절절한 바람이 되어요. 우린 한참 눈물을 참았어요.

그리고 당신은 당신이 찍은 영상들을 보여줬지요. 풀과 강, 지하철 바닥에 비치며 흩어지는 나무 그림자, 자전거를 타고 가다 넘어지는 아이, 석양 물든 하늘, 작은 숲. 나의 이야기를 담을 당신이 카메라를 들고 영상을 찍어요. 걸으며 아름다운 장소를 찾고 지하철을 타며 해의 위치를 확인해요. 나는 또다시 우리가 살아 있다는 데에 안도하고 안심하고 고맙고 눈물이 나요. 제 이야기를 읽어줘서 고마워요. 어떤 부분이 좋았을지 궁금하지만 쑥스러워서 물어보기 어렵네요. 다만 한번 봐주셨다면 그걸로 무척 기뻐요. 저를 읽고 기억하거나, 잊거나 하면서 하루를 보내고 그렇게 살고 살았으면 좋겠어요.

세상에 있어주어 고마워요.

사랑하는 미움들

초판 1쇄 발행 2019년 11월 13일
초판 2쇄 발행 2019년 11월 21일

지은이 김사월
펴낸이 김선식

경영총괄 김은영

기획편집 박화수　**디자인** 심아경　**크로스교정** 이현주　**책임마케터** 박지수
콘텐츠개발3팀장 윤세미　**콘텐츠개발3팀** 심아경, 한나비, 박화수
마케팅본부 이주화, 정명찬, 권장규, 최혜령, 이고은, 최두영, 박재연, 허지호, 김은지, 박태준, 배시영,
　　　　　박지수, 기명리
저작권팀 한승빈, 이시은
경영관리본부 허대우, 하미선, 박상민, 윤이경, 권송이, 김재경, 최완규, 이우철
외부스태프 최연주(본문 일러스트)

펴낸곳 다산북스　**출판등록** 2005년 12월 23일 제313-2005-00277호
주소 경기도 파주시 회동길 357 3층
전화 02-704-1724　**팩스** 02-703-2219　**이메일** dasanbooks@dasanbooks.com
홈페이지 www.dasanbooks.com　**블로그** blog.naver.com/dasan_books
종이 갑우문화사　**인쇄·제본·후가공** 갑우문화사

ISBN 979-11-306-2709-0(03810)

다산북스(DASANBOOKS)는 독자 여러분의 책에 관한 아이디어와 원고 투고를 기쁜 마음으로 기다리고 있습니다. 책 출간을 원하
는 분은 다산북스 홈페이지 '투고원고'란으로 간단한 개요와 취지, 연락처 등을 보내주세요. 머뭇거리지 말고 문을 두드리세요.